JN282737

魔女にタッチ！

鏡 裕之

HJ文庫
172

口絵・本文イラスト　くりから

目次

序章　魔厄《まやく》

シルク独特の光沢《こうたく》のあるパジャマが、ふくよかな身体を覆《おお》っていた。ボタンの開いた胸《むな》元《もと》からは、豊かな胸の谷間が覗《のぞ》いている。

深い胸の峡谷《きょうこく》だった。

顔をうずめたら窒息《ちっそく》しそうなほど、たわわで窮屈《きゅうくつ》な谷間だ。

漆黒《しっこく》のロングヘアを払《はら》うと、少女は写真立てを手に取った。ベッドランプが、平凡《へいぼん》な高校生の写真を照らし出した。

名前も、住所も知っている。

けれども、相手が自分をどう思っているのかはわからない。

不安は、同じ極の磁石だ。不明は不安を生み、不安は土壇場《どたんば》で勇気を挫《くじ》く――ちょうどN極の磁石が、過度に近づいた同じN極の磁石を遠ざけるように。

ため息をついたとたん、はらはらと雪のように黒い紙切れが舞《ま》っていた。視界の隅《すみ》に現れた黒いかたまりに、少女はわっと飛びのいた。

それは、真っ黒い葉書《はがき》だった。

郵便番号を書く欄《らん》も宛《あ》て先《さき》も無記名の、オールブラックだ。

女は手に取り、表を透《す》かして見た。何も見えない。ひっくり返したとたん、ひとつの警告と命令が光の文字となって浮《う》かび上《あ》がっていた。

《――消滅《しょうめつ》まであと六十時間。十二時の鐘が鳴り終わるまでに――み男に――をさせよ》

ひゃぁっと女は叫《さけ》び声《ごえ》をあげた。

だが、まったく同じ時刻、遠く離《はな》れた町で同じように叫び声をあげている女がいた。

七月七日午前〇時〇分〇秒――。

魔厄の始まりだった。

第一章　生徒会室でタッチ

1

午前六時五十九分――。

三つのスープ皿に生卵とパンの切《き》れ端《はし》が並んでいた。ニンニクとオリーブオイルのスープがたっぷりとかかって湯気を立てている。黄褐色のパンの色彩《しきさい》にコリアンダーの葉っぱの緑の色が散らばって美しい。

ソパ・アレンテジャーナ――ポルトガルに伝わる家庭料理だ。

お鍋《なべ》をＩＨクッキングヒーターに戻《もど》すと、豊條宗人《ほうじょうむねと》は天面パネルを指先で押《お》して電源を切った。

両親は自然カメラマンとエッセイストで、現在はアラスカを取材旅行中。一戸建ての住宅には、父親の再婚《さいこん》でできた姉妹と自分の三人しかいない。高校一年になって三カ月、朝食はいつも宗人の仕事だ。

鳩時計《はとどけい》が七時を告げた。

学校が始まるのは八時半。自宅から自転車で十五分近くはかかる。

宗人は、エプロンを外すと階段を上がった。上がった正面が自分の部屋で、右が妹、左が姉の部屋だ。

宗人は先に妹の部屋をノックした。

「流奈《るな》、もう七時だぞ」

反応はない。

母方の血は朝に弱いらしい。ノブに手をかけると、ドアが開いた。

白いタンクトップの中学生が、目をこすりながら現れていた。頭の両サイドで結《ゆ》わえた二房《ふさ》の髪《かみ》が、肩《かた》近くまで下がっている。

父親の再婚でできた妹、流奈だ。

タンクトップの胸元から、発育中の胸の谷間が覗いていた。近親者ゆえの姿に、宗人はドキッとした。

無防備な双《ふた》つの乳丘《にゅうきゅう》が一枚の上着の下で盛り上がっている。妹が中等部に進んで三カ月、胸もすっかりふくらんできたというのに、妹の流奈はあまり自宅でブラジャーを着けようとしない。

「ご飯、できてるぞ」
「うん……わかった……」
宗人の脇《わき》を抜《ぬ》けたところで、流奈が思い出したように立ち止まって目を閉じた。
朝のご挨拶がほしいらしい。
ひいき目に見なくても、流奈はかわいい顔だちをしている。クラスの子にも告白された
そうだ——もちろん、速攻《そっこう》で振ったらしいが。
初めて妹からリクエストされたとき、きっと母親が取材旅行でいなくなったから甘《あま》えて
いるのだと、宗人は思っていた。でも、最近はそうではないような気がしている。
（唇《くちびる》に押しつけても、流奈、怒《おこ》らないかな）
ふと悪魔《あくま》のささやきが聞こえて宗人は首を振《ふ》った。
挨拶を待つ妹の額に口づけると、流奈はにこにこして階段を下りていった。その姿を二階
から追いかけると、ちょうど下りていく流奈の胸の谷間が目に飛び込んできた。
この間よりも、ずいぶんと大きくなったみたいだ。二階から真下を見下ろすと、ルーズ
な上着と身体との間に開いた空間がよく見える。豊かな三角形の丘が双つ、タンクトップ
の隙間《すきま》でツンと突《つ》き出《だ》している。
宗人は慌《あわ》てて視線を外した。

(朝から、おれは何をやってるんだ)

思わず自分を戒《いまし》めた。

宗人だって、男の子だ。女の子の身体に興味がないわけではない。

けれども、エロい人扱《あつか》いされるのはごめんだ。中学時代からの友人・乳井悟《にゅういさとる》は自分はオッパイ星人だと開き直っているが、エロキャラ扱いされたら、女の子が寄りつかなくなってしまう。ましてやその相手が肉親となれば、最悪だ。

(と、とにかく、胸を見ないようにしなきゃ)

息を吸い込んで、宗人は姉の部屋の前に移った。ノックしようとすると、

「宗人、ちょっと来て」

ドアの向こうからお呼びがかかった。

「何?」

部屋に入った宗人は、一瞬沈黙《いっしゅんちんもく》した。

剥《む》き出しの美しい背中が向いていた。肌《はだ》をさえぎるものは、首を覆い隠《かく》すミディアム丈《たけ》の髪の毛《け》だけ。形のいい引《ひ》き締《し》まったヒップを、清楚《せいそ》な純白のショーツが包《つつ》んでいる。ぷりぷりのお尻《しり》だ。

そしてツンと突き出した豊かなふくらみを、姉は片手で覆い隠していた。手の下からは

ブラジャーが覗いている。

「留《と》めて」

召使《めしつかい》に言うように言い放った。

「自分でやりゃいいじゃん」

喉《のど》の渇《かわ》きを覚えながら、宗人は近づいた。

本当にすべすべしたきれいな背中だ。その向こうには、ブラジャーに包まれた豊満な巨乳がある。

ブラのサイズはGカップ。

トップバストとアンダーバストの差は、実に二十五センチに到達する。

巨乳と呼ばれるEカップでもその差は二十センチだから、二回りも大きい。まさに、爆乳の世界だ。

僥倖《ぎょうこう》によろこびながら、それを無口な表情に隠して宗人はホックに手を伸《の》ばした。

ホックの鉤《かぎ》は三つ。

二つではない。

三つのものは留めづらいそうだ。姉は不器用で、三つ鉤のブラジャーを着けるときには、いつも宗人を呼ぶ。

「早く留めて」

宗人は少し膝《ひざ》を曲げて鉤を留めた。

手を前にまわせば、姉の乳房《ちぶさ》をつかむことができる。でも、そんなことをしたら、いつも痴漢《ちかん》や失礼な男に対して放たれている空手有段者の蹴《け》りが自分に向けられるに違《ちが》いない。

「留めたよ」

「そ。ありがと」

真由香《まゆか》は大きな鏡の前で身体をひねってブラジャーの留め具合《ぐあい》を確認《かくにん》した。宗人は姉の後ろで突っ立《た》っている。

「何してるの？　もう終わったんだから、出ていってちょうだい」

横顔だけ向けて言い放った冷たい一言に、

「昨日の叫び声、何？」

「き、昨日って――」

質問を浴びせると、姉が凍《こお》りついた。

「夜中、叫んだじゃん」

「あ、そ、そうだっけ？」

「おれ、目が覚めたよ」

「わ、悪い夢でも見たんじゃない?」

「ふ〜ん」

「いいから早く出ていって! これから着替《きが》えるんだから」

「ほんとは違うんだろ」

姉が枕《まくら》をつかみ、宗人は慌てて廊下《ろうか》に退散した。

2

洗面台の鏡を覗き込むと、真由香はもう一度、髪の毛のはね毛をチェックした。それから、屈《かが》んで制服の胸元を覗き込んだ。

清条院学院《せいじょういんがくいん》高等部のセーラー服には、胸当てがない。通常はV字に深く切れ込んだ谷間を覆う胸当てがついていて、男の卑猥《ひわい》な視線をはねのけるようになっているのだが、清条院学院の場合はそれがないのだ。

胸のない子だとたいして目立たないが、胸の大きい子だと、いきおい胸元が目立ってしまう。進学する前はちょっといやだなと思ったけれど、今では結構気に入っている。ちょっと屈めば谷間が見えるし、そのおかげで男性教師に媚《こび》を売ることができる。

真由香は、セーラー服を突き破《やぶ》りそうにふくらんでいる巨乳を両手で寄せて、ブラジャーが見えないかどうか確認してみた。

正直、自分でもかなり大きなオッパイだと思う。Gカップは、クラスで二番めの大きさだ。普段《ふだん》生活していても、かなり重い。肩も凝《こ》る。中等部の頃《ころ》はもっと小さくなればいいと思っていたが、今では満足している。

スリーサイズは、九十六・五十七・八十八。

百六十四センチという身長を考えると、申し分のないナイスバディだ。普通《ふつう》の女の子なら、ウエストは六十五近くあるのが常だ。

でも、このグラビア級のボディは、鍛練《たんれん》によるものではない。

真由香は指先を曲げてくるっと小さな円を描《えが》いた。洗面台にころがっていた櫛《くし》がふわりと浮き上がってケースに入った。

真由香は、魔女《まじょ》だった。

妹にも、もちろん弟にも告げてはいない。

同じ血を引いているのに、妹は普通の子として生まれた。自分は魔女として生まれてしまった。そのことは、誰《だれ》にも言えない。

こんな世の中、誰もが誰かのせいにしたがっている。魔女だなんて知られたら、悪魔《あくま》悪魔と指差されて普通の生活を失ってしまうに違いない。妹も弟も、『あなたのお姉さん、魔女なんだって?』なんて言われて、自分を変な目で見るようになるだろう。せっかくひとつになった家族もばらばらになってしまう。

祖母も、そして母も魔女で、彼女《かのじょ》は十何代目に当たるのだそうだ。ヨーロッパで魔女狩《が》りが激しかった頃、豊満な女性が狙《ねら》われる中アジアへ逃《に》げた一族が、真由香のご先祖様ということらしい。だから、真由香の身体にはヨーロッパの血が流れている。

このスーパーボディは、魔女という縁《えん》で手に入れたものだ。

その魔的な薫《かお》りに引き寄せられるのだろう。何度かスカウトに声をかけられたことがあるが、すべて断っている。芸能界なんかに行ったらきっと枕営業をさせられるのだろうが、好きでもない男にさわらせるつもりなんか、毛頭ない。この素敵《すてき》な身体は、本当に好きな相手ができるまでとっておくつもりだ。

でも——そういうわけにはいかなくなってしまったようだ。

昨日届いた葉書は、憂鬱《ゆううつ》のかたまりだった。

そういう連絡《れんらく》が、一生に一度あることは知っていた。でも、まさか今の時期に自分にやってこようとは……。

相手が相手だけに、気が滅入《めい》りそうになってしまう。

気を取り直して玄関《げんかん》に出ると、流奈がいってきますの「ぎゅう」を宗人におねだりしていた。

「お兄ちゃん、ぎゅうして」

流奈が宗人のワイシャツをつかんだ。宗人は学生鞄《かばん》を置いて、妹の身体をぎゅっと抱《だ》き寄《よ》せた。

ふくらみはじめた胸のかたまりが宗人のお腹《なか》に当たってつぶれる。

「お兄ちゃん、ぎゅ～っ♡」

流奈も小さな腕《うで》を背中にまわして抱きついた。子供から大人へと変わりはじめたエッチな身体をたっぷりと押しつける。宗人がゾクッとふるえると、

「いってきま～す！」

言うが早いか、流奈は元気に飛び出していった。

流奈は甘えん坊《ぼう》だ。

おまけに、かなりブラコン――ブラザー・コンプレックス――が入っている。まだ母が再婚する前、姉妹二人でいた頃から、お兄ちゃんがほしいお兄ちゃんがほしいと連呼していたぐらいなのだ。今年のバレンタインデーも、手作りのチョコレートを渡《わた》していた。

「姉ちゃん、もう時間ないよ」

すでに宗人は玄関のドアを開けていた。

「わかってる」

学校指定のローファー・シューズを履《は》いてガレージまで出ると、思わず足が止まった。

自転車のタイヤが、前輪も後輪もつぶれてぺったんこになっていた。

「なんでパンクしてるの?」

「さあ」

理由はすぐ知れた。

門扉《もんぴ》の外で軽《かろ》やかにブレーキが鳴《な》り響《ひび》いていた。

「おお、こんな幸せがぼくに転がり込んでこようとは! ぼくほど幸運から突き放《はな》されていない人間はいない! ——二重否定」

豊條家の前で自転車にまたがって待ち構えていたハンサムボーイが、さらりとソフトなミディアムヘアを掻《か》き上げた。まるで欧米《おうべい》の女性のようにやわらかく髪の毛が手からこぼれた。胸ポケットには赤い薔薇《ばら》まで挿《さ》してある。

在原《ありはら》レオナルド——今年高等部に上がってきたハーフの一年生だった。真由香に気があって、入学以来しょっちゅうアプローチしてくる厄介者《やっかいもの》だ。

「お困りのようですね、真由香様」

「様をつけないでちょうだい」

「それはぼくのパッションではできない。ぼくにとってあなたは女神《めがみ》だ。その胸、その瞳《ひとみ》、そのお尻、あなたのものですばらしくないものはない。二重否定」

「迷惑《めいわく》だから、帰ってくれない？」

「真由香様ともあろう方が遅刻《ちこく》をしていいんですか？　ぼくのスーパーブレインは知っている。自転車がなければ、あなたは学校に間に合わない」

白い歯がキラリと輝《かがや》いた。

愛車のパンクは、きっとこの男が原因に違いない。魔法《まほう》で直したいところだが、在原が見ている前ではできない。

「宗人、乗せていって」

「え？　けど、道交法違反《いはん》じゃ――」

「姉は家の法律なの！　いいから、早くっ！」

真由香は強引《ごういん》に弟の自転車の後部座席に横乗りした。ひらりとスカートが舞う。

「出発！」

真由香の言葉に、弟はペダルに力を入れてガレージを出た。真由香は美しい腕を弟の腰《こし》にまわして、十七歳《さい》の身体を密着させた。

自慢《じまん》のバストが弟の背中に当たってやわらかくつぶれた。セーラー服の中でむっちりと弾《はじ》けながらたわんでいく。

宗人の背中がふるえ、真由香ははっとした。

弟の興奮を感じたから？

否《いな》。

昨日届いた黒い葉書を——葉書が告げた相手を思い出したのだ。

マーフィーの法則によれば、「起こる可能性のあることは、いつか実際に起こる」ものだという。だが、よりにもよってその相手があれとは……。あれは、起こりうる可能性があったのだろうか？

運がいいのだか悪いのだか、わかったものではない。調達しやすいという意味では運がいいが、手段的な安易さと精神的な安易さは違う。

「ああ、待って真由香様！　ぼくはあなたのサドルになりたい！」

慌てて在原レオナルドが自転車を飛ばしてきた。

「じゃあ、便器にでもなるの？」

「よろこんで！」

「変態！　宗人、飛ばして！」

「姉ちゃん重い」

真由香は弟の脳天に思い切り拳骨《げんこつ》を食《く》らわせた。

「あだっ！」

「いいから飛ばしなさい！」

宗人が激しくペダルを漕《こ》いだ。負けじと在原レオナルドも自転車を加速させる。

道はちょうど下り坂にさしかかっていた。二百メートルつづく直線の両脇《りょうわき》は、鮮《あざ》やかな緑色の田んぼだ。

在原レオナルドが真横に並んだ。

かたや一人乗り、かたや二人乗り。スピードには限界がある。おまけに在原レオナルドは、中等部時代、自転車競技部に所属している。

「ふはははは！　真由香様、あきらめが肝心《かんじん》です！　ぼくの魅力《みりょく》から逃げられない者はいない！　二重否定！」

「二重否定、間違《まちが》ってるでしょうが！」

「さあ、真由香様！　ぼくの自転車に、ワープ・イン！」

在原レオナルドが手を伸ばしたとたん、迫《せま》ったT字路に濃緑色《のうりょくしょく》の車体が姿を現すのが目に入った。

とっさに、宗人がブレーキレバーを握《にぎ》った。

（ぶつかるっ！）

車のタイヤが甲高《かんだか》く鳴った。魔法をかけている時間はない。在原レオナルドはブレーキを掛け損《そこ》ねてぎりぎり車体の後尾《こうび》をかすめてT字路を飛び出した。

「飛べ、真由香様の許《もと》へ〜〜〜〜っ！」

大声が待つのは、澱《よど》んだ沼《ぬま》だった。

絶叫《ぜっきょう》の直後、派手な水音とともに在原レオナルドは沼に突っ込んだ。そのあと、辺りは不気味な静寂《せいじゃく》に包まれた。

二人乗りの自転車は車体を横向けて、車の五センチ横で止まっていた。

（た、助かったぁ……）

目を向けた真由香は、車を見てぎょっとした。

二人がぶつかりそうになったのは、全長六メートルの濃《こ》い緑色の車——ロールスロイスと並ぶ最高級車、マイバッハ62だった。

最低価格四千四百万円。

ショールームは完全予約制で、一人につき専属のセールスマネジャーがつく。もちろん、車はオーナー自らが運転するオーナードリブンではなく、お抱え運転手《ショーファー》が運転するショーファードリブンだ。

白い手袋《てぶくろ》をはめた女の運転手が左手のドアから姿を見せた。

真由香は怯《ひる》んだ。

つづいて、宗人と真由香が当たりかけたドアの窓が開いて、黒いロングヘアの女子高生が顔を見せた。おっとりした調子の声がこぼれ出した。

「あらまあ、お元気なこと」

真由香と同じ白地に紫色《むらさきいろ》のラインのセーラー服――。学園の創始者の孫にして生徒会長、そして、弟の憧《あこが》れの人――清条院静《しずき》姫だった。

十八頭の牛を贅沢《ぜいたく》に使ってこしらえた濃緑色の上品な高級牛革のシートに、豊満な肢体《したい》を沈めている。

セーラー服の胸は、自分よりはるかにパツンパツンに張りつめて、まるで大きなバルコニーみたいに前へと突き出している。セーラー服の下に詰《つ》め物《もの》をしたみたいな、強烈《きょうれつ》なふくらみ方だ。

「ごきげんよう、豊條さん」

「お、おはよう……」

「お怪我《けが》はありません？」

遅《おく》れて冷《ひ》や汗《あせ》が真由香の背中を流れた。

「え、ええ」

真由香と静姫は同じ二年A組だ。といっても、それほど口を利《き》く間柄《あいだがら》ではない。一直線の関係でいうと、ねじれの関係だ。

「お一人、星になった方がいたようですけど、どうなさったのでしょう」

「さ、さあ」

「お急ぎ？」

「す、少し……」

「弟さんもごいっしょなんですね」

「え、ええ」

ハンドルを握《にぎ》ったまま、弟が緊張《きんちょう》するのがわかった。すぐ隣《となり》に自分の好きな人がいるのだ。

「ちょうどよかった。お会いしたいと思っていましたの。こういうの、coinciden《コゥインシデン》ce《ス》って言うんですよね」

静姫が得意の英語を披露《ひろう》した。

coincidenceとは、偶然《ぐうぜん》の一致《いっち》という意味である。

高校二年生にして、すでに彼女は英検一級、ＴＯＥＩＣ九百点の怪物《かいぶつ》だ。財産も知性も美貌《びぼう》もほしいまま、おまけに自分より大きな乳を兼《か》ね備《そな》えるという、パーフェクトお嬢様《じょうさま》である。

「豊條くんって呼んでも、平気ですか？」

「は、はいっ」

弟が素《す》っ頓狂《とんきょう》な声をあげた。

「学校に着いたら、すぐ生徒会室にいらしてください。大切なお話がありますの」

「は、はい」

「きっとですよ」

窓が閉じて女性運転者がマイバッハ62に戻《もど》った。何事もないように、世界の違う車は田んぼの中を町中へ向かって走っていった。

その後ろ姿を、ぼうっとして弟が追いかけた。その眼差《まなざ》しは明らかに恋《こい》する瞳だ。

真由香はむしゃくしゃして、弟の頭を叩《たた》いた。

「いてっ！　何すんだよ！」

「いいから早く行って」

真由香はぎゅっと胸を押《お》しつけた。Ｇカップの豊球がセーラー服の中で妖《あや》しくつぶれ、パチパチの弾力《だんりょく》を弟の背中に押しつける。

一瞬《いっしゅん》、弟がびくっと動いた。

「ちゃんと前見て運転しなさいよ」

「姉ちゃんが飛ばせって言うからだろ」

「ぼくなら、どこまでも飛ばせますよ、真由香様」

がさっと草を掻《か》き分ける音に、二人はすくみ上がった。沼の泥《どろ》を吸って上から下まで真っ黒になった男が姿を現していたのだ。驚《おどろ》いたことに、自転車も引き上げようとしている。

「ささ、真由香様。この泥のサドルにどうぞ。学校まではぼくが安全運転でお送りしましょう」

ひっ、と真由香は叫《さけ》んだ。

「宗人！」

「うわぁあっ！」

弟は、慌《あわ》ててペダルを踏み込んだ。

3

生徒会室の前に立つと、豊條宗人は緊張を覚えた。

心臓が胸とお腹の中で同時に鳴っている感じがする。胃腸が浮《う》き上《あ》がってふわふわと身体を押し上げるような居心地《いごこち》の悪さに、とてもじっとしていられない。

通学途中《とちゅう》に清条院静姫に遭遇《そうぐう》したときは、正直、びっくりした。

出会いのことを、難しい言葉で邂逅《かいこう》という。

初めて彼女に会ったのは、姉のところに弁当を届けに行ったときだった。姉の教室に入ったら、そこにいたのだ。

品と家柄《いえがら》のよさをそのまま体現したような、くせ毛のないストレートの黒髪《くろかみ》。やさしい、知性的な瞳。

姉と違ってじゃじゃ馬の感じがない。

しかも、姉以上に大きくセーラー服を持ち上げる、豊満な胸のふくらみ——。

いっぺんに好きになってしまった。

あとでとんでもない家柄のお嬢様だと知って絶望した。まるで接点がないではないか。

これじゃあ、美女と野獣《やじゅう》ならぬ美女と凡人《ぼんじん》だ。

姉の教室に行く機会はなかなか訪《おとず》れないし、たまたま校舎から下校姿を見かけることはあっても、話しかけられるはずがない。

だいたい、自分が一方的に惚《ほ》れてしまった人に対して、なんて言葉をかければいいのだろう。

——やあ？

やあはあるまい。

——誰、あなた。何の用事。

冷たい顔をされるだけだろう。

——ぼく、あなたのクラスの豊條真由香の弟なんですが——。

——だから？

やはり冷たく撥《は》ねつけられるだけに違《ちが》いない。たとえ同じ学園の人間であっても、知らない人間は警戒《けいかい》すべき敵だ。同じ学園というだけでは親密感なんて保証されない。

ところが、その静姫が自分から声をかけてくれたのだ。

《大切なお話がありますの》

女の子が大切な話といえば、あれしかない。

そんなはずはないと思うのだけれど、告白だろうか……なんて夢想してしまう。実は彼女の方が自分に惹《ひ》かれていて、ずっと恋い焦《こ》がれているなんて……。

いや。

ありえない。

平々凡々《へいへいぼんぼん》な自分に恋するなんて、起こりえない。

ああいう人が恋する対象は、もっと凄《すご》い人間だ。凄さのない凡人はただその美貌と知性と胸のふくらみを遠くから鑑賞《かんしょう》することしかできない。

宗人は息をついて首を振《ふ》った。

両手で顔を叩く。

しっかりしろ、豊條宗人。舞《ま》い上がるな。

きっと生徒会に入らないかとか、お姉さんのことでとか、そんなことだろう。期待するな。期待しなければ、こんな弱肉強食のつまらない世界だって、それほど悪くはない。

「失礼しま～す」

宗人は初めて生徒会室に入った。

もっと殺風景な景色を想像していたが、意外と上品な部屋だった。まるでちょっとした役員室だ。細長いロの字形に並べられた机の端《はし》には『生徒会長』と記された名札が立っている。いつも彼女はここにすわるのだろうか。

「あの……」

「ドアを閉めてくださる?」

部屋の奥《おく》に開いたドアがあって、そこから声は洩《も》れていた。彼女は生徒会準備室にいるらしい。

「手伝ってほしいんです」

「あの、手伝うって……？」

「手伝うっていうか、人助けみたいなものなのですけど……」

「はあ」

「こちらにいらして」

「あ、はい」

生徒会室のドアを閉めて、宗人は準備室に急いだ。

電気は点《つ》いていなかった。スチール製の棚《たな》がいくつも並んでいて、歴代の資料が整理されている。

「あの……」

「ドアを閉めて」

「はい」

言われるまま、ドアを閉めた。

棚のある部屋に、いきおい宗人は静姫と二人きりになった。

呼ばれただけでもドキドキするのに、密室になるとさらにドキドキする。

（やっぱり、告白……!?）

（ど、どうしよう……!!）

古典的に唾《つば》を飲みそうになった。

静姫はいったい何を自分に告げるつもりなのだろう。

まさか、本当にあれ？

わたし、本当は——

「こんなことをお願いするのって恥《は》ずかしいんですけど……」

と静姫はうつむいた。

「目を閉じていただけますか？」

「え？」

「開けてって言うまで開けないでほしいんです。お願い」

ついに唾を飲んでしまった。

（告白どころじゃないかもしれない……）

告白するためなら、目を閉じさせるはずがない。

目を閉じてするものといえば、宗人が知っているものはひとつしかない。

——ＫＩＳＳ。

まさか。

告白を飛《と》び越《こ》えて、いきなりキス⁉

ど、どうしよう。

おれ、ちゃんと歯磨《はみが》きしてきたっけ？

いきなりキスなんて、心の準備が……！

それも、片思いの静姫先輩《せんぱい》にいきなりだなんて……心臓がぶっ飛んじまいそう……‼

「目を……閉じてくださる？」

「は、はい」

宗人は目を閉じた。

さあ、ついにその瞬間《しゅんかん》だ。

キスだ。

キスが来るぞ。

静姫先輩の唇《くちびる》ってどんな感じだ？　ふわふわしてやわらかいのかな？　よくレモンの味というけど、本当にレモンの味がするんだろうか？

どうしよう。

心臓が壊《こわ》れる。

早く……。

早く唇よ来て……！

願った瞬間、手をつかまれた。

（ほら、来た……って、え⁉）

（手？）

その手は上にあげられ、そして——予想外のものに接触《せっしょく》していた。

味わったことのない、やわらかいものが手に触《ふ》れていたのだ。押しつけられたとたん、その未知のかたまりは手の中でふにゅんとやわらかくたわみながら張りを増し、手に吸いつきながらやさしく反発していた。

（え⁉）

（えっ⁉ えぇぇっ⁉）

（な、何だ、これ……⁉）

むにゅん。

ぷにゅん。

さらに気持ちのいい反発力のかたまりが手のひらに押しつけられる。

あまりの心地《ここち》よさに、手のひらがとけそうだった。

独特のツンと張った手触《てざわ》りと瑞々《みずみず》しい張りが、ふにゅん、ふにゅんと手のひらを愛撫《あいぶ》していく。

惚《ほう》けそうな弾力だった。

ゴム系の感触《かんしょく》でも、スプリングのような猛々《たけだけ》しい反発の仕方でもない。やさしく、やわらかく、どこまでも豊かでどこまでも心地よく五指を受けとめて手全体をとろけさせていく。やさしく反発する法悦《ほうえつ》の弾力がすべすべムチムチと指にまとわりついて、手指を惚けさせていくのだ。

想像を絶するやわらかさだった。

やわらかいのに、張りがある。やわらかいのに、弾力がある。

こんなやわらかさと弾力を併《あわ》せ持《も》ったものを、宗人は今まで味わったことがなかった。だが、想像がつかないわけではない。自分の手の高さからすると……。

（こ、これって、オッ……）

思わず目を開いた瞬間、

「きゃん！」

恥ずかしそうに顔を覆《おお》って静姫は生徒会準備室を飛び出してしまった。あとには、宗人一人が残った。

宗人は後ろ姿を追いかけて、言葉を失った。

（あ、あれって……）

（まさか……）

宗人は自分の手のひらを見やった。

錯覚《さっかく》でなければ、あれは女性の身体で最も魅力的《みりょくてき》な器官、男の子が異性に対して最初に異性を感じる身体の部分——オッパイだった。

第二章 プールで大接近

1

豊條真由香《ほうじょうまゆか》は、教室に戻ってきた静姫《しずき》に目をやった。

彼女《かのじょ》を特別に意識したことはない。ライバル視したこともない。巨乳の女の子は、他の巨乳の子をあまり意識しないものだ。

彼女は自分とは別世界の存在。

永遠に交わらぬ平行線。

そう思ってきた。確かに、ユークリッド幾何学《きかがく》の世界ならそうだろう。

だが、非ユークリッド幾何学の世界なら——球面幾何学の世界なら——互《たが》いに平行な二直線は交わってしまう。東経百二十度の経線と東経百三十五度の経線が、北極点と南極点で交わるように——。

急ぎ足で戻ってきた清条院《せいじょういん》静姫の顔は火照《ほて》っていた。

今までいちいち静姫の動向を気にしたことはなかったが、今日ばかりは気になる。彼女はいったい、弟と何をしてきたのだろう。弟を生徒会室に呼び出して何の話をしたのだろう。

告白？

まさか。

弟だってもう年頃《としごろ》だ。そういう噂《うわさ》があってもおかしくないが、清条院静姫とはあまりにも世界が違いすぎる。静姫が惚れる理由も見当たらない。二人を無人島に放《ほう》り込んでも、恋愛《れんあい》的な化学反応は起こらないだろう。

けれども、あの火照った顔は何だ？

気になる。

気になるが、ぶしつけに尋《たず》ねるわけにもいかない。

まあ、いいや。

詳細《しょうさい》は弟に尋ねることにしよう。

そう考えて、改めて例の問題に気づいて真由香は暗い気分になった。そうだった……そうだったのだ。

期日まで、あと五十一時間。

それまでにあんなことをしてもらわなきゃいけない。それも連続で……。

どうして他の男じゃなかったんだろう。

在原《ありはら》レオナルドよりはましだが、やっぱり恥ずかしい。

真由香は机に突《つ》っ伏《ぷ》してため息をついた。そのまったく同じタイミングで、静姫もため息をついた。

二人は同時につぶやいた。

「どうしたらいいんだろう……」

2

昼休み終了《しゅうりょう》のチャイムが鳴っていた。

水着を入れた手提《てさ》げ袋《ぶくろ》を更衣室《こういしつ》の棚に押し込むと、豊條宗人《むねと》は生徒会室でのことを思い出した。

（やっぱりあれって……胸だよな……）

何度となく考えて出した結論を、改めて宗人は胸の中で口にしてみた。

あのやわらかく弾《はず》む感触は間違《まちが》いなかった。

もし違うものなら、静姫が逃《に》げる理由はないのだ。目を閉じてと言ったのは、きっと見られたくなかったからに違いない。

あれはきっと胸だ。

間違いない。

自分はあの静姫先輩の爆乳をさわったのだ。

熱いロマンスと欲望に、宗人の胸はざわめいた。だが、同時に別の疑問によって、ざわめきはただのざわつきに変じた。

なぜ……静姫は自分に胸をさわらせたのだろう。

好きならば、好きと言えばいいだけではないのか。

わたし、あなたのこと好きなの。

だから、胸をさわって。

そう言えば済むことではないか。

なのに、静姫はこっそり胸をさわらせて逃げていってしまった。好きなわりには、告白もしてもらっていないし、もちろん、メールアドレスも教えてもらっていない。

なぜなのだろう。

なぜ、自分に胸をさわらせたのだろう。

本当に自分を好きなのだろうか？

いや。

好きは好きに違いない。

嫌《きら》いならば、胸をさわらせるはずがない。でも、好きならば、なぜ告白もなく、胸だけこっそりさわらせて逃走《とうそう》してしまうのか。

考え込んだ宗人に、

「人間は考える葦《あし》である。ブレーズ・パスカル」

やわらかい金髪《きんぱつ》——在原レオナルドが立っていた。すっかり新品の制服に着替《きが》えているが、近寄るとまだ沼臭《ぬまくさ》い。

「やあ、兄弟」

「なんでおれがおまえと兄弟なんだよ」

「いずれ、ぼくは君のお姉様と結婚《けっこん》する。つまり、義理の兄弟になる。お姉さんの方が年上だから、ぼくは君のお兄さんだ」

「誰《だれ》が勝手に」

「恥ずかしがる必要はない。さあ、今こそ呼ぶのだ。お兄さん、と！」

宗人は無視して着替えを始めた。

「おい、待て。無視するな。君はうれしくないのか」

「何がだよ」

「君のお姉さんといっしょに水泳ができるのだよ」

五時間めは体育だった。

だが、運動場も体育館も使えないため、二年生の女子と合同で水泳の授業をすることになったのだ。

クラスはA組——宗人の姉がいるところである。

そして、静姫がいるところでもある。

「共同戦線を組まないか。ぼくは君のお姉様が狙《ねら》いだ。君は生徒会長が狙いだ。お互い、利するところはあるというわけだ」

宗人はぎょっとした。

いつの間に、この男は自分の好きな人が静姫先輩だと見抜《みぬ》いたのだろう。

「そこで条件だ。君がお姉様に痴漢《ちかん》を働いてくれ。ぼくはそこにヒーローとなって現れ、悪漢を倒《たお》す」

「勝手に人を悪漢にするな」

「不服か」

「姉ちゃんを口説きたきゃ勝手に口説けばいいだろ」

「確かにその通りだ。愛に国境はない！」

フハハハと笑いながらレオナルドは走り出していった。まったく、近所迷惑《めいわく》な男だ。

宗人は手早く着替えを済ませると、更衣室を出た。

二年生の女子と一年生の男子は、プールサイドで三〜七人のかたまりをつくって群れていた。多くの声々が室内プールの中で反響《はんきょう》して聞こえる。

在原レオナルドは、プールサイドで伸《の》びていた。きっと真由香に抱《だ》きつこうとして正面蹴《げ》りを食《く》らったに違いない。

ピーッと笛の音が鳴った。

集合の合図だった。

3

二年生の女子と一年生の男子が、一人一人身長順にバディを組まされていた。男も女も、ともにいやそうな顔をしている。

「次っ」

言われて宗人は前に進み出た。

二年生女子も同時に進み出た。

互いにあっと声をあげそうになった。

相手は、今朝生徒会室で会ったばかりの清条院静姫だったのだ。

「バディ確認《かくにん》！　次っ！」

巨乳の女性体育教師に言われて二人はプールサイドに流れた。

「バディ組んだら、各自準備運動始め！」

女教師の声が追いかける。

宗人は静姫と顔を見合わせた。

「あの……」

「あの……」

二人同時に言い放った。

あっ、と声をあげて二人同時に黙《だま》り込む。

「あの、清条院先輩が先に……」

「豊條くんが先に……」

二人はまたしても黙った。

「あの……準備運動を始めましょうか」

「ええ」

宗人は頭の中で首を振《ふ》った。

そんなことを言いたかったわけじゃないのに。生徒会室のことを聞きたかっただけなのに、全然違《ちが》うことを口にしている。

二人は少し離《はな》れて柔軟《じゅうなん》を始めた。

最初は手首から、そして肘《ひじ》、両脇《りょうわき》と伸ばしていく。ストレッチをつづけながら、宗人は静姫に目をやった。

本来、スクール水着はボディラインを隠《かく》すためのものだ。

卑猥《ひわい》と欲望を一切《いっさい》シャットアウトし、健全百パーセントにするためのコスチューム――それが制服であり、スクール水着だったりするのだが、過剰《かじょう》はすべてを裏返しにする。

あまりにも大きすぎる胸のふくらみが、かえってスクール水着をエロティックに見せていた。スクール水着に押《お》さえつけられていても、豊かなふくらみがわかる。胸の部分だけは明らかに他とは違う大きなふくよかな丘陵《きゅうりょう》となって激しく盛り上がっているのだ。

「背中、伸ばしましょうか？」

言われて、

「は、はい」

しどろもどろに答えた。

なにしろ、会話をしたのは今日が初めてである。

「じゃあ」

静姫は背中を向けた。

宗人も背中を向けると、静姫が背中向きに腕《うで》を組んできた。

(わっ)

ドキッとした。

生まれて初めて、静姫先輩と腕を組んだのだ。準備体操だけれども、ボディタッチ。炭酸が弾《はじ》けるみたいにうれしい。

静姫が先に宗人の身体を背負《せお》った。

背中に載《の》せられる。

(ああ……!)

(静姫先輩の背中……)

女の子の背中は、無骨な男の背中と違ってやわらかい。身体中がやわらかい快感でできているみたいだ。

（気持ちいい……）
本当は背中向きじゃなくて、静姫の背中に抱きつきたい。
けれども、それは叶《かな》わぬ夢。
「はい」
静姫が宗人を下ろした。
今度は宗人が静姫の身体を背中に背負った。
むっちりした身体が背中にのしかかり、愛《いと》しい先輩《せんぱい》の全体重が自分にかかる。
重い？
軽くはない。
相手は子供ではないのだ。けれども、男の重さとは違っている。うれしい重さだ。
（また……静姫先輩と背中で接触しているんだ……）
胸は幸せと興奮でバクバク鳴っていた。いつまでも背負っていたい気分になる。
（このまま静姫先輩の背中に触れていたい……）
「豊條くん……も、もういいですか」
「あ、はい」
慌《あわ》てて静姫を下ろした。

長すぎたらしい。

せっかく背中同士をくっつけあったのに、再び二人は離れてプールサイドにすわった。たったそれだけのことなのに、先輩と永遠に距離《きょり》が開いてしまった感じがする。

静姫は宗人に対して真横に身体を向けてお尻《しり》をついていた。

両手を伸ばしてゆっくりと身体を伸ばしにかかる。

思わず息を呑《の》んでしまった。

身体を前に倒すたびに、そのたわわな丘陵が太腿《ふともも》にやんわりと押しつけられている。豊満なふくらみが、太腿に当たってゆっくりとたわみながらつぶれていくのだ。

(気持ちよさそう……)

そんなことを思ってしまって、宗人は慌てて首を振った。

先輩をそんな目で見てはいけない。

しかし、二秒後には視線を戻《もど》してしまっている。

静姫が少し身体の向きを変えて柔軟をつづけていた。今度は真正面から静姫の胸が見える。谷間はスクール水着に隠れているが、丘陵が激しい峰《みね》を双《ふた》つ描《えが》いているのがよくわかる。

(静姫先輩《せんぱい》って、ほんとおっきい……)

どこから見ても、胸の大きさは隠せない。この胸を隠そうとしたら、着ぐるみしかないかもしれない。

「背中、押しましょうか？」

「あ、ぼく、押します」

反射的に宗人は立ち上がった。

（『ぼく』なんて言ってしまった）

普段《ふだん》は『おれ』なのに、ついつい好きな人の前だといい子になってしまう。

宗人は静姫の背中にまわりこんだ。

間近で素肌《すはだ》を見つめる。

見とれてしまうほど、上品な、きめ細かな白い肌《はだ》だった。その白い肌を紺色《こんいろ》のスクール水着が覆っている。さらにそのスクール水着の上にやわらかな黒いロングヘアがかぶさっている。

黒く艶《つや》のある髪《かみ》を緑髪というけれど、成熟した女を感じさせる黒髪《くろかみ》だ。

さわっていいのかな、と思う。

相手は自分が思《おも》い焦《こ》がれていた人。

片思いだった人の背中だ。

そこに手を触《ふ》れようとしている。

いいのか？

――今朝、胸さわったじゃん。

冷静な突っ込みが入る。

――でも、あれは自分の勘違《かんちが》いかもしれないし。

そうだ。

あの静姫先輩が、初めての相手にいきなり胸をさわらせるはずがない。きっとあれは違う部分だったのだ。胸じゃなく、何か別物だったのだ。

宗人はそう思い直して、スクール水着に覆われた静姫の背中に手を触れた。

（あぁ……やわらかい……）

背中で感じたときもそうだったが、やわらかい手触《てざわ》りだった。

もちろん、直接肌に手を触れているわけではなく水着越《ご》しだが、それでも男の背中とは違う。ごつごつしていない。

（気持ちいい……）

（静姫先輩の背中に……さわっているんだ……）

「もっとちゃんと押してもいいですよ」

やさしく言われて、宗人はさらに体重をかけた。

静姫の背中が下がっていく。

（ここで手をすべり込ませたら……）

不埒《ふらち》なことを考えて、また心の中で首を振った。

破廉恥《はれんち》なことを考えてはいけない。

相手は静姫先輩なのだ。

それでも、手のひらを通してつたわってくる年上女性のやわらかさに、陶然としてしまう。

（女の人の身体って、こんなにやわらかいんだ……）

すっかり恍惚《こうこつ》に浸《ひた》っていると、

「もういいですよ」

ストップがかかった。

魔法《まほう》の時間の終わりだった。が——そうではなかったのだ。

「じゃあ、今度はわたしが」

静姫が立ち上がり、今度は宗人が背中を向いて腰《こし》を下ろした。

「いいですか？」

肩《かた》に手がかかった。

とたんに緊張《きんちょう》する。

（ああ……静姫先輩の手……）

触れているのはほんの少し――手だけだけれど、静姫先輩が自分に触れている。

すぐ背中をそらせば身体に触れられる距離にいる。

「いきますよ」

やさしく言って、静姫が身体を押した。

宗人は身体を前に倒した。

柔軟は得意ではないが、静姫といっしょだとうれしい。

「身体、硬《かた》いんですね」

背中で静姫がくすっと笑った。

初めてそばで聞く笑い声だ。何気ない笑《え》みなのに、その一声だけでうれしい。

「もっと力を抜いて」

静姫が力を込めた。

だが、身体は前に進まない。

「もう限界――」

「もっと」

やさしく言った瞬間《しゅんかん》、またしても味わったことのないやわらかさが背中に触れていた。

むにゅん

と途方《とほう》もなくやわらかく、反発力のあるかたまりが双つ、宗人の裸《はだか》の背中を押していたのだ。

（えっ……⁉）

（うわぁ……っ‼）

あまりの快感に身体の奥《おく》に戦慄《せんりつ》が走った。

（き、気持ちいい……！）

（まさか、これって……）

「もっと身体を前に倒して……」

耳元でささやいて、静姫がさらに身体を押しつけてくる。

むにゅっ。

むにゅむにゅん。

やわらかいふくらみがスクール水着越しに弾力《だんりょく》を接触《せっしょく》させてきた。水着の中で豊満な胸のふくらみがゆっくりとたわみ、弾けていく。

（あぁ……！）

（き、気持ちいい……！）

（こ、これって……静姫先輩のオッパイ……！）

「もっと倒して……」

静姫がささやいた。

（う、うわぁ……）

（静姫先輩が……オッパイを押しつけてくるよ……）

（あぁっ……！）

宗人は困った。

身体がやわらかければ、前に倒して静姫の胸から逃《のが》れることができるのだが、宗人の身体は硬い。

硬いがゆえに、もろに乳房《ちぶさ》を押しつけられてしまう。

このまま押しつけられていると、立ち上がったときに恥《は》ずかしいことになりそうだ。

（おれ、泳げないかも……）

思ったとたん、

「今朝のこと、誰にも言わないでくださいね。内緒《ないしょ》ですよ」

吐息《といき》とともに耳元でささやかれた。

4

授業は、男女混合の水球だった。

といっても男女の体力差があるので、男子はシュート禁止、パスのみである。シュートできるのは女子だけだ。

豊條真由香は、室内の温水プールに浸《つ》かって相手チームのキーパーを睨《にら》みつけていた。

同じ血は流れていないがよく知っている顔——弟の宗人だった。

少しはにかみながら、静姫と話をしている。

(まったく。あんなにうれしそうな顔をして)

柔軟体操のとき、静姫に胸を押しつけられて惚けそうな顔をしていた姿を思い出すと、むしゃくしゃしてくる。

真由香は視線を静姫に移した。

とたんにボールをぶつけたくなった。

プールサイドでかわいい弟を誘惑《ゆうわく》するなんて、いったい何を考えているのだか。

虫でいえば静姫は決して悪い虫ではないのかもしれないが、見ている真由香の方は、虫の居所が悪い。

（絶対、怪《あや》しい……）

真由香は思った。

今朝、生徒会室で何かがあったのだ。

そうに違いない。

あの二人は、今日の今日まではまったくの他人だったのだ。自分が知る限り、弟がクラスに来たのは二回だけ。まともに会話したこともなかったはずだ。

なのに。

柔軟体操で熱烈《ねつれつ》にボディコミュニケーションまで済ませてしまっている。

不自然だ。

尋常《じんじょう》な関係の進み方ではない。

いったい清条院静姫に何があったのか。

二人の間に何が起きてしまったのか。

（聞き出してやる）

宗人に話しかける静姫の姿に、真由香は殺意の目を向けてボールをつかんだ。

「あ、あの……真由香様」

真由香は、同じチームになった在原レオナルドに殺人的な目を向けた。ひっと在原レオナルドがすくみ上がった。

「在原！」

真由香は高圧的に命令した。

「ボール、取ったらこっちによこしなさい！」

「は、はいぃぃっ！」

長身のレオナルドは、逃《に》げるようにプールのセンターに泳いでいった。他の子たちにとってはただの体育の授業かもしれないが、真由香にとっては、自分対静姫の戦いだ。自分とレオナルド連合軍VS静姫・宗人連合軍の戦いといってもいいかもしれない。

笛の音と同時に試合が始まった。

トスアップと同時に早速《さっそく》レオナルドが飛ぶ。

「真由香様へ、ジャンプ！」

敵チームと両腕《りょううで》が交錯《こうさく》したが、最初にタッチしたのはレオナルドだった。

真由香はスポーツは得意だ。

勉強も得意だが、スポーツも結構好きだ。長距離《ちょうきょり》走以外、嫌《きら》いなスポーツはない。

相手チームがまだ守備をかためないうちに、真由香は敵陣営《じんえい》に泳ぎ出した。クロールで

すばやく進んで、

「パス！」

叫《さけ》ぶ。

「真由香様、パス！」

在原レオナルドがボールを投げた。

迂闊《うかつ》にも、憎《にく》たらしい男のパスをもらってしまったが、憎しみはすべてを正当化する。

絶好のチャンス到来《とうらい》だった。

ゴールをさえぎるは、静姫ただ一人。キーパーをしている弟の姿は見えない。まるで静姫にぶつけろと言わんばかりではないか。

静姫が慌てて両手をあげた。自分より大きな爆乳がスクール水着の下で揺《ゆ》れる。

思わず、むかっとした。

(よくもかわいい弟を誘惑して……！)

(天誅《てんちゅう》！)

ねじ曲がった愛情と憎悪《ぞうお》を込めて、真由香は思い切りシュートした。

「きゃっ！」

直後、静姫が身体を横に押し倒《たお》した。

（え？）

静姫が躱《かわ》したとたん、その後ろからキーパーが――弟の姿が現れていた。二人は同一直線上に並んでいたのだ。

注意する暇《ひま》はなかった。

室内プールの天井《てんじょう》に向かって、高く水球のボールが舞《ま》い上《あ》がった。

弟が口を開けて、よろめくのが見えた。

「宗人！」

叫びむなしく、弟の身体はプールに沈《しず》んでいった。

5

保健室の天井が宗人を見下ろしていた。

L字形のレールが敷設《ふせつ》してあって、そこから白いカーテンが下ろされている。

大丈夫《だいじょうぶ》だから。

額を打っただけだから。

そう言ったのだけれど、頭は怖《こわ》いから、あとで先生が責任取らされるからと、無理矢理《むりやり》寝《ね》かされたのだった。

当たった直後はかなり痛かったが、今はすっかり平気だった。普通《ふつう》に歩けるし、授業だって受けられる。だが、爆乳の養護教諭は、自分がいいと言うまで寝《ね》ていなさいと言ったきり、出かけていた。

宗人は腕時計《うでどけい》を見やった。

すでに五時間めは終わっている。だが、爆乳養護教諭が戻る気配はない。代わりに友人の乳井《にゅうい》から新着メールが届いていた。

《具合はどうだ、たんこぶ男》

《黙《だま》れ、オッパイ星人》

《それ、おまえもだろ》

確かにその通りだ。

《まだ授業戻れねえの？》

《先生戻ってこない》

《おれ、六時間め休み。これから帰る》

《こっち遊びに来いよ》

《無理。今駅前。これから電車乗る》

なんというフットワークの軽さだろう。きっと五時間めのベルと同時に教室を飛び出したに違《ちが》いない。

（いつまでここに寝てなきゃいけないんだろ）

ケータイを閉じてため息をつくと、遮蔽《しゃへい》していたカーテンが揺れた。

（先生？）

身体を起こそうとすると、美しいロングヘアが姿を現すのが目に入った。

「先生、遅――」

言いかけた宗人は、出会った視線に口をつぐんだ。

愛しの人――清条院静姫だった。

「ごめんなさい、来るのが遅《おそ》くなってしまって……」

「あ、いや、違うんです、先生かと思って」

「先生？」

「保健の先生、いなくなっちゃって」

「そう」

自分が咎《とが》められたわけじゃないと知って、静姫はやさしく微笑《ほほえ》んだ。

解語の花――言葉を解する花のようだ。

お嬢様《じょうさま》という出自もあってか、羞花閉月《しゅうかへいげつ》のような、おしとやかな、静かな趣《おもむき》がある。まさに名前の通り静姫――静かなお姫様《ひめさま》だ。

「ごめんなさい……わたしがよけちゃったものだから」

「いえ、いいんです、姉ちゃんが思い切り投げるから……うちの姉ちゃん、じゃじゃ馬だから」

「頭、痛くない？」

静姫が覗《のぞ》き込んだ。

顔が近づき、V字に開いたセーラー服の胸元《むなもと》が間近に迫《せま》る。あまりの大きさに普通なら見えないはずの胸の谷間が覗いていた。暗がりの中で、双《ふた》つの胸のふくらみがむっちりと互いを寄せ合っている。

「へ、平気です……元々、おれ頭悪いし」

「頭の悪い人なんていないんですよ。頭の使い方がよくないだけ」

静姫は額に手を当てた。心臓が妙《みょう》な音を立てた。

あの静姫先輩が、女性看護師みたいに手を当ててくれている。

頭は平気だけれど、熱が出そうだ。

おまけに少し視線を下げれば、思い切り覗く胸の谷間が待っている。宗人はうつむくふりをして、ちらりと谷間を窺《うかが》った。

（やっぱりおっきい……）

「気になります……？」

宗人はぎょっとした。

（やばい！　気づかれた！）

「い、いえ……あの……何が？」

とっさにとぼけた。

「豊條くんだったら……平気です」

「え？」

「朝の……つづき……」

二人は黙った。

「目を閉じていていただけますか？」

「あ、あの……開けてちゃだめですか？」

静姫は頰《ほお》を染めてうつむいた。

「恥ずかしいから……」

こっちまで恥ずかしくなりそうな羞顔だった。

「あの……目を閉じて……」

「は、はい」

宗人は再び目を閉じて寝転《ねころ》がった。

静姫の手が宗人の手をつかむ。

（あ……）

（またオッパイが……）

（静姫先輩《せんぱい》の胸に……さわれるんだ……）

心臓が激しく鼓動《こどう》を始めたとたん、静姫がはっとしてドアの方を見、宗人の頭側からカーテンの後ろへ逃げ込んだ。その直後、

「宗人！」

勢いよく爪先《つまさき》の方向からカーテンをめくって姉が現れていた。

「ね、姉ちゃん……!?」

ずかずかと歩み寄ると、真由香は宗人の頭をつかんで額を押《お》しつけた。セーラー服の胸が重力に引っ張られて垂れ、宗人の胸に触《ふ》れそうになった。唇《くちびる》を突《つ》き出《だ》したら、キスできそうな距離《きょり》だ。

相手は姉なのに、宗人は動悸《どうき》を覚えた。心臓がドキドキする。静姫のせいだろうか、い

つもより姉を異性として意識してしまう。

「頭、まだ痛い？」

「いや……もう痛くない……」

「熱、ないみたいね」

「あるよ。なかったら死んでるじゃん」

「馬鹿《ばか》」

真由香は額を叩《たた》いた。

「あいでっ！」

「ごめん……大丈夫《だいじょうぶ》？」

真由香は手で額を撫《な》でた。

「まだ腫《は》れてるのかな」

恐《おそ》る恐る絆創膏《ばんそうこう》を剥《は》がしてみる。

「全然平気じゃん」

「だから痛くないって言ったじゃん」

「今痛いって言ったじゃん」

「そりゃ姉ちゃんに叩かれたから」

「もう」

真由香は宗人の鼻の頭に絆創膏を貼《は》り直した。

「な、何すんだよ」

「お似合いよ、宗人」

「似合わねえよ」

宗人は無理矢理《むりやり》絆創膏を剥がした。真由香はけたけたと笑った。

姉は上機嫌《じょうきげん》だったが、それに付き合う気はなかった。すぐ前まで、静姫がいたのだ。カーテンの向こうを捜《さが》してみたが、やはり美しき生徒会長の姿はない。姉が来るのを察知して姿を消してしまったのだろうか。

「何？」

「何でもない」

「まだ絶対安静なの？」

「先生がいいって言うまで」

「六時間め、ずっといっしょにいてあげよっか」

「いい」

「人が授業さぼって面倒《めんどう》見てやろうって言ってるのに」

真由香が宗人のほっぺたをつねろうとしたとき、

「真由香様〜〜っ！」

大声が保健室に近づいてきた。とっさに真由香は上履《うわば》きのままベッドに上がった。四《よ》つん這《ば》いのような形で宗人の上にまたがる。

「姉ちゃんっ……!?」

「しっ！　黙ってて！」

真由香は覆《おお》いかぶさる形になった。

セーラー服に包まれた胸のふくらみが、もう少しで触れそうだ。大きな谷間が、誘惑するみたいに宗人に向かって覗いている。

「真由香様〜っ！」

在原レオナルドが声を張り上げた。その声は保健室に飛び込んできた。

ドアが開いた。

「真由香様？」

真由香はびくっとふるえて、身をかがめた。胸のふくらみがついに宗人の身体に触れた。

静姫よりも反発力の強いふくらみだった。

ふわふわするようなすばらしい弾力が宗人の身体をくすぐっていた。

やわらかくパチパチと弾《はじ》けるかたまりが宗人の胴体《どうたい》に押しつけられて、心地《ここち》よくたわんでいく。

（あっ……）

（あぁっ……姉ちゃんのオッパイが……！）

静姫にエッチな誘《さそ》いを受けたあとだけに、両手を伸《の》ばしてさわりたくなってしまう。

「真由香様ぁ、ここですかぁ？」

在原レオナルドの声がカーテンの前で止まった。

宗人はわざ、わざと咳払《せきばら》いをした。

「なんだ……男か。男の寝室《しんしつ》ほどつまらないものはない。二重否定」

決め台詞《ぜりふ》を吐《は》いて在原レオナルドは去っていった。

「気《き》が利くじゃない」

「別に。ちょっと咳《せ》き込んだだけだよ」

「正直に吐け」

首の後ろに手をまわすと、いきなり真由香は抱《だ》きついてきた。ぎゅうっ、ぎゅうっと身体を押しつけながら少し首を絞《し》める。

胸のふくらみが思い切り身体に押しつけられた。

（き、気持ちいい……！）

「正直に答えろ。わざと咳したんでしょ？」

「してない、偶然《ぐうぜん》」

「嘘《うそ》つけ」

幸福な時間を引《ひ》き伸ばしたくてわざと嘘をつく。

「こらっ、宗人」

「死ぬぅ」

「殺しちゃうぞ」

「死ぬ、死ぬぅ」

くすくすと笑って、ようやく真由香は弟を解放した。わざと咳をして追《お》い払《はら》ってくれたのがうれしかったのだろう。機嫌《きげん》がいいと、真由香はスキンシップをしてくる。

「いつもみたいに引っぱたきゃいいのに」

「今日は会いたくない気分なの」

「沼《ぬま》のこと？　あいつが勝手に飛び込んだんだからいいじゃん」

「だって……後味悪いじゃない」

「おれはすかっと爽《さわ》やかだけど」

「そのうち刺《さ》されるよ」

「平気平気。魔法《まほう》で鳩《はと》とかウサギに変えるから」

姉がぎょっとした表情を見せた。

「何」

「ううん……」

答えたきり、真由香は黙った。

それから腕《うで》で上半身を起こした。幸せな胸の密着は離《はな》れた。

「あのさ……宗人」

「ん？」

「もしさ……もし……」

「何？」

「お姉ちゃんが困ったら、助けてくれる……？」

「見捨てる」

「こらっ！」

拳《こぶし》を振《ふ》り上げた姉に宗人は慌《あわ》てた。

「わっ、冗談《じょうだん》冗談っ、助けるに決まってんじゃんっ」

「どんなことでも？」

「ことと場合によるけど」

姉は黙った。

「助けたときのことも……忘れてくれる？」

「何の話？」

「やっぱりいい」

真由香はベッドから下りた。

「六時間めもいてくれるんじゃなかったの？」

「今度にする」

カーテンを開けると、あっさりと姉は出ていった。

宗人は首をひねった。

変なのはいつも通りだけれど、なんだか妙に変な姉ちゃんだった。

第三章　揉《も》み男

1

まるで平安貴族の邸宅《ていたく》のように、広大な中庭の中に池があった。中央には桟橋《さんばし》のある島がある。橋は架《か》かっていない。

その島にこしらえた小さな庵《いおり》の中で、清条院静姫《せいじょういんしずき》は和机に突っ伏《ぷ》していた。

ストレートの黒い髪《かみ》の毛《け》が流れて和机の上で渦《うず》を巻くように広がり、たわわな胸のふくらみが、机に押しつぶされてタンクトップからはみ出している。あまりの胸のボリュームに、胴体の両側のラインから双《ふた》つのふくらみが飛び出している。

夕方の六時だった。

一人になりたいときは、いつもここに来る。小舟《こぶね》を漕《こ》いで、この小庵にこもって沈思《ちんし》する。

静姫は黒い葉書《はがき》を和机から取り上げて恨《うら》めしげに見やった。

人は不如意《ふにょい》のかたまりだ。不如意——すなわち、意の如くならず。他人は、自分の思うようにはならない。否《いな》、自分にしても同じことだ。

（どうして、あんなことをしてしまったのかしら……）

思っても仕方ないのに、生徒会準備室と保健室でのことを思い出して、静姫はため息をついた。

最初はあんなつもりではなかった。

自分の気持ちを伝えて、そのあとであれをお願いしてみよう……。そう思っていたのに、彼《かれ》が来たら頭が飛んでしまって、一足飛び越《こ》えてしまったのだ。

ずっと、ずっと好きだったのに。

本当は告白から始めるつもりだったのに。

豊條宗人《ほうじょうむねと》に初めて会ったのは、二年A組の教室だった。静姫が長い髪の毛を指で弄《もてあそ》びながら本を読んでいると、昼休みに宗人が現れたのだ。

《姉ちゃん、弁当》

《嫌《きら》いなもの入ってない？》

《いっぱい》

《馬鹿》

《いてっ！》
仲のいい姉弟《きょうだい》だなと思った。
一人っ子の静姫にとっては羨《うらや》ましい光景だ。読書を中断して見ていると、真由香《まゆか》は弁当箱を開いていた。
男の子がつくったとは思えないほど、きれいなお弁当だった。
そぼろや玉子焼きやニンジンを使って色鮮《いろあざ》やかに飾《かざ》っている。しかも、ご飯の上に描《えが》かれているのは、ちびっ子に人気のあるアニメのキャラクターだ。
《これ、流奈《るな》のじゃないの？》
《姉ちゃんの分。精神年齢《ねんれい》に合わせて……いでっ！》
《馬鹿》
やりとりを聞いていると楽しくなって、ついくすくすと笑ってしまった。
二度めの出会いもまた、教室だった。宗人が持ってきたお弁当には、緑色のジャケットを着た有名な怪盗《かいとう》が描かれていた。
《宗人、これ唐《とう》がらしじゃないの？》
《え？　しし唐だから平気だよ》
《あ、ほんとだ。カリカリして美味《おい》しい》

ついつい、お弁当を覗き込んでしまった。

料理のできるやさしい男の子はステキだ。イケメンよりも百倍いい。いい子だな、と思ったら、宗人とばったり視線が合ってしまった。

一目惚《ひとめぼ》れの瞬間《しゅんかん》をよく電気が流れるというけれど、本当にそんな感じだった。やさしい柔和《にゅうわ》な瞳《ひとみ》に、ドキッと心臓が鳴《な》り響《ひび》いたのだ。

宗人が出ていくと、大慌《おおあわ》てで後ろ姿を追いかけた。

クラスや住所を知ったのは、そのあとだ。

中等部の時は陸上部に入っていたが、今は無所属。強《し》いていえば、帰宅部。毎日姉妹の食事をつくるために買い出しに出かけている。視力は一・五。でも、恋《こい》についてはほとんど視力はないようだ。自分の気持ちにも気づかないのだから。

二年A組の教室から、何度下校していく宗人の後ろ姿を眺《なが》めたことか。登下校時に、運転手に頼《たの》んで豊條家の前の道を通ってもらったこともある。けれども、すれ違ったことはなかった。

一度、シューズロッカーにラブレターを入れようとしたことがある。でも、『あの生徒会長からラブレターだぜ！』と噂《うわさ》にされたら……と思《おも》い止《とど》まってしまった。そんなことをする相手ではなかったのに。

もし車にぶつかってくれたら知り合うきっかけができるのに……なんて不埒《ふらち》な他力本願を考えたこともある。叶《かな》うはずのない願いだとあきらめていたのだが、そのチャンスが、今朝訪《おとず》れたのだ。

もう少しタイミングが早ければ……と静姫は思った。

告白する前に、関係を深める前にあんなことをしなければならなくなるなんて。今日の自分の行動を思い出すと恥《は》ずかしくなる。

とにかく何とかしなきゃという気持ちばかりで、ふしだらなことをしてしまった。告白してからあれをお願いするつもりだったのに、宗人を目の前にしたら、とにかくあれをしなきゃと思って暴走してしまったのだ。

宗人は自分のことをどう思っただろうか。

破廉恥《はれんち》な女と感じただろうか。

もしかして、自分に対して引いてしまっただろうか。

（今からでも、告白してみようかしら……）

静姫は思った。

でも、いまさらタイミングを逸《いっ》している気がする。それに、もし相手が引いていて告白を受け入れてくれなかったら終わりだし、やっぱり告白してすぐあれというのはよろしくない。エッチはいやではないけれど、エッチだけの関係はいやだ。

豊條宗人とは、普通《ふつう》に両思いになって、普通にデートして、そして普通にエッチな関係に進みたいのだ。でも、状況《じょうきょう》がそうはさせてくれない。

（これを使うしかなくなるのかしら……）

静姫は学生鞄《かばん》の中から手袋《てぶくろ》を引き出した。

紫色《むらさきいろ》の穴あき手袋だった。

指を出して作業ができるようになっている。

（こんなのに頼《たよ》りたくないけれど……）

思ったとき、庵の入り口で物音がした。お付きの女性運転手が姿を現していた。男の子のように髪の毛を短く刈《か》り上《あ》げている。

「お嬢様《じょうさま》、買ってまいりました」

「あ、ありがとう」

手渡《てわた》すと、運転手は戸を閉めて去った。静姫は一人になったのを確かめて、届いた本を開いた。

タイトルは『男の誘惑《ゆうわく》の仕方』。

読むのも恥ずかしいが、仕方がない。どうすれば嫌われずにうまく誘惑できるのか……。

2

夕食を終えて、宗人は一人お風呂《ふろ》に浸《つ》かっていた。今頃《いまごろ》、姉と妹が皿洗いをしている頃《ころ》だ。

豊條家のお風呂は広い。

通常の家庭では長さ一メートルから一メートル半のものだが、二メートルある。父親が再婚《さいこん》を機に建て直す際、大きな方がみんなで入れるからと特注品を頼んだのだが、現在、入浴はほとんど一人で行なわれている。

宗人は顔までお湯に浸かると、空気を吹《ふ》き出した。ぶくぶくぶくと泡《あわ》が立つ。

今日はいろんなことがあった日だった。

初めて、清条院静姫先輩《せんぱい》と話をした。おまけに、憧《あこが》れのバストにも触れた。記念すべき人生のオープニングだ。

静姫先輩の胸の感触《かんしょく》を思い出すだけで、身体中が熱くなる。

早く先輩に会いたいと思う。

告白がなかったのも、メールアドレスの交換がなかったのも、たまたまだ。明日になったら教えてくれるに違《ちが》いない。静姫先輩は自分のことが好きなのだ。

(明日、もっと凄《すご》いことになっちゃったら、どうしよう)

さらなる期待に、いっそう身体が熱を帯びた。

人生十五年。

高校一年生の今まで、女の人を知ったことはない。

明日が記念すべき日となるのだろうか。

どこで?

ここで?

だが、自宅となると、姉も妹も放っておくまい。

ふいに姉の胸の感触が蘇《よみがえ》って、また宗人はドキドキしてしまった。決して異性として意識してはいけない禁断の相手なのに、今日は無性《むしょう》にあの胸が気になってしまう。

「宗人〜、いい?」

「え、えっ!?」

姉の声に宗人は慌てて入浴剤《にゅうよくざい》に手を伸ばした。動転していて、うまくつかめない。

すでにドアは開いていた。

「な、何だよ」

「ゼリー、食べる？」

珍《めずら》しいことだった。姉は、あまり料理をつくらない。

「どういう風の吹きまわし？」

「いるの、いらないの？」

「——何味？」

「桃《もも》」

「いる」

宗人は受け取ってぺろりと一口で平らげた。とたんに顔をしかめた。

「姉ちゃん、味濃《こ》い」

「うるさいわね、つくってあげたんだから感謝しなさいよ」

「姉ちゃん、好きな人でもできた？　そいつへの実験台だろ」

「馬鹿《ばか》」

姉はドアの向こうに引っ込んだ。

宗人は舌を出して、うぇぇと声をもらした。桃のゼリーのくせに、バニラエッセンスの味までする。きっと適当に混ぜたに違いない。ひどい料理音痴《おんち》だ。

（姉ちゃんとなんか、絶対結婚《けっこん》したくない）

（水、水ぅ）

立ち上がろうとすると、

「お兄ちゃん、入るよ～♪」

元気な声に、宗人は水没《すいぼつ》しそうになった。

「る、流奈？　ちょ、ちょっと待っ――」

ドアの向こうで肌色《はだいろ》が見えた。宗人は大慌てで乳白色の入浴剤をバスタブの中に放《ほう》り込んだ。

半透明《はんとうめい》の扉《とびら》が開いた。

全裸《ぜんら》の流奈が、自分用のタオルを手に持って姿を見せていた。

両側頭部から肩《かた》にかかる二つ束の髪に、明るく大きな瞳。一、二年前はほんの少しだけ乳首《ちくび》のあたりが盛り上がっただけだったのに、今はすっかり円錐《えんすい》のように全体がふくらんで尖《とが》っている。ツンと尖った美しい形のバストだ。

「さ、皿洗いはどうしたんだよ」

「もう終わったよ♪」

言うが早いか、流奈は湯桶《ゆおけ》でお湯をすくって身体にかけた。宗人は見ないように横を向いた。

ざぶんと音がしてお湯が上に上がった。流奈が浴槽《よくそう》に入ってきたのだ。

そのときには、幸い入浴剤が満遍《まんべん》なく広がって、宗人の下半身を隠《かく》していた。流奈の胸も乳白色の中に消えた。

流奈は清条院学院《がくいん》中等部の一年生だ。

児童というにはもう大きすぎる年齢だが、お兄ちゃんっ子でいまだに宗人といっしょにお風呂に入ろうとする。

父親の再婚で真由香と流奈が姉妹となり、初めて二人と入浴したのは五年前の話だ。

三年前から真由香とはお風呂に入らなくなったが、流奈とはずっとお風呂に入っている。

もう女の子なんだから男の人といっしょに入らないのと真由香がたしなめても、妹は聴《き》かない。宗人がお風呂にいると知ると、自分から入ってくる。

兄としては、無下《むげ》に断るわけにもいかない。

相手は自分を慕《した》ってくれているのだ。

でも、発育していく胸を見るにつれ、さすがにやばいと感じるこの頃だった。

「今日ね、英語のテストが返ってきたの」

流奈は学校のことを話しはじめた。

「よかったのか？」

「えへへ……六十点」

「じゃあ、成績悪いかもな。中学一年のときって、九十点とってもみんな点数いいから低かったりするもんな」

「お母さんに怒《おこ》られるかな」

「鮭《さけ》は送ってくれないかもな」

「お姉ちゃんには内緒《ないしょ》にしておいてね。見つかると怒るから」

流奈は、真由香に話せないことでも宗人には話してくれる。もしかすると、父親代わりなのかもしれない。

「ねえ、お兄ちゃん」

「ん？」

「クラスの子がね、胸さわったらおっきくなるって言ってたけど、ほんと？」

心臓が妙《みょう》な音を立てた。

そういう話を聞いたことはあるが、本当かどうかは知らない。そもそも、試《ため》したこともない。

「流奈、もっと大きくなりたい」

「い、いや、もう充分《じゅうぶん》だと思うけど」

「お姉ちゃんくらいにはなりたいの。男の人って、胸大きい方がいいでしょ？」

何やら雲行きが怪《あや》しい。

「お兄ちゃん」

「な、何」

「さわってくれる？」

頭の中で大噴火《だいふんか》が起こった。

（や、やっぱり……！）

思った通りの展開だった。

これは貞操《ていそう》の危機——いやいや、理性の危機だ。こんなにかわいい妹に裸《はだか》で迫《せま》られたら、拒《こば》みきれるのか自信がない。

「その子ね、お父さんにさわってもらったんだって」

「な、何ぃ」

「流奈、お父さんいないから、お兄ちゃんしかいないもん」

「い、いや、しかし」

「お願い」

「いや、そのお願いは」

「流奈の胸が大きくなるのはいや?」

「い、いやじゃないけど、倫理的《りんりてき》に——」

「お兄ちゃん!」

流奈が抱《だ》きついてきた。

乳白色の見えないお湯の中で流奈のピチピチの上半身が宗人の身体に触《ふ》れた。ツンと尖った張りのあるふくらみが濡《ぬ》れた皮膚《ひふ》をくすぐった。

(あ、あう……)

思わず口を開いた。

気持ちいいどころではない。

(る、流奈のオッパイが……)

(だめ……)

(おれの理性……)

(理性とは……波に消される砂の城のことだったのか……)

揺《ゆ》らぐ宗人に、天真爛漫《てんしんらんまん》に妹が畳《たた》みかけてきた。

「お兄ちゃん、いいでしょ?」

「いや、けど」

「さわってくれないのなら、流奈、離《はな》れないもん」

流奈はさらにしがみついてきた。

ツンと尖ったふくらみがムチムチと弾力《だんりょく》を増しながら、たわんで宗人の胸をくすぐった。

（ぐわぁっ……凶悪ぅ……！）

（ブレーキ、ブレーキ……！）

「ね、お兄ちゃん、お願い♪　ね？　ね？　ね？」

かわいくおねだりをする。

（助けて、理性……！）

意図に反して、宗人の手はお湯の中で動いた。

——さあ、勇気を出して妹の胸をさわれ！　これは慈善行為《じぜんこうい》ではないか！

悪魔《あくま》がささやく。

——いやいやいや！

——何があっても年頃《としごろ》の妹の胸をさわるなんて、許されることではない！　家庭内児ポ法違反《いはん》ではないか！

しかし、そう思えば思うほど理性は揺らぎ、欲望が増幅《ぞうふく》してくる。欲望は禁断の強さに比例するらしい。

ぎりぎりのところで宗人がもがいていると、

「お兄ちゃんがしてくれないのなら、自分でしちゃうから」

痺《しび》れを切らした流奈は言うが早いか、身を起こして宗人の両腕《りょううで》をつかんだ。

「な、何を」

「えい」

自分の胸に引き寄せる。

その瞬間、ドアが開いていた。

現れたのは、我《わ》が家《や》の警察官——Tシャツとマイクロパンツの上からエプロンを羽織った姉、真由香だった。

宗人の心臓は凍《こお》りついた。

わが両腕は大海に——ではなく、発育のいい妹の胸にタッチせんとしている。手の形はすっかりふくらみを包《つつ》み込もうとしている。

だが、姉の怒《いか》りの矛先《ほこさき》は妹に向かった。

「流奈！　何やってるの！」

「お兄ちゃんに胸大きくしてもらおうと思って」

「そういうのは自分でやるの！」

「いやっ、お兄ちゃんがいいっ！」

「言うこと聴きなさい！」

「やっ！」

中腰《ちゅうごし》に立った妹と姉が両手で組み合った。もちろん、力は姉の方が上だ。踏《ふ》ん張《ば》ろうとして流奈が足をすべらせた。

「あっ！」

「わっ！」

宗人はすんでのところで妹の身体を受け止めた。妹は浴槽に身体をぶつけたものの、宗人に抱きとめられて事なきを得た。

だが、思いがけない副産物が現れていた。

「大丈夫《だいじょうぶ》か？」

妹を見て、宗人はぎょっとした。

自分の両手の下には、発育したCカップのふくらみ——流奈のオッパイが握《にぎ》られていたのだ。

やわらかいというより、硬く締《し》まったオッパイだった。

まるでヒップか太腿《ふともも》のように張りつめて充満《じゅうまん》している。しかし、中学生の素肌《すはだ》は絶品だった。ピチピチしていて、軽く触れただけで指がふわりと浮《う》き上がりそうな、とろけそうな豊潤《ほうじゅん》な感触をしている。

（こ、こ、これが女の子の肌《はだ》……!?）

「お兄ちゃん♪」

流奈がうれしそうに胸を突《つ》き出《だ》した。

真由香の眉《まゆ》がぴくぴくと動いた。

「この外道《げどう》！」

宗人の脳天に空手チョップの一撃《いちげき》が突き刺《さ》さった。

3

デスクライトだけが真由香の部屋を照らし出していた。黒い机と椅子《いす》とベッドと本棚《ほんだな》以外、もののないシンプルな八畳《じょう》の部屋だ。

コチコチと時計が神経質な音を立てている。

計画実行の時が近づいてきた。

今夜決行するのだと思うと、内臓が迫《せ》り上がってくるような感覚に襲《おそ》われてしまう。緊《きん》張《ちょう》にはめっぽう強い真由香だが、今日ばかりはそうはいかないようだ。

すでにゼリーに睡眠薬《すいみんやく》も盛った。

弟はまずいと口にしたものの、幸い食べてくれた。きっと宗人は今頃白河夜船《しらかわよふね》――爆睡《ばくすい》の真っ最中だろう。

妹ももう眠《ねむ》ったようだった。宗人をチョップしたことでさんざんなじられたけれど、おとなしくなってくれたらしい。

この頃、流奈の宗人に対する執着《しゅうちゃく》ぶりには異常なものがある。

妹が兄に対する態度を越《こ》えている。

もしかすると、流奈は本気で宗人のことを好きになりはじめているのかもしれない。胸はどんどん成長して大人になりつつあるのに、相変わらず毎朝「ぎゅうの挨拶《あいさつ》」をおねだりするし、お風呂もいっしょに入る。

きっと今年贈《おく》ったバレンタインチョコレートは義理チョコではなく、本命だったのだろう。明らかに義理だった自分とは大違《おおちが》いだ。

（流奈のところに届いていたら、悩《なや》まなかったんだろうな）

ふと思って、少し悲しくなった。

皮肉なものだ。

だが、セラヴィ——それが人生だ。

皮肉であろうと悲しかろうと、やるしか道はない。時間はもう三十六時間あまりしか残されていないのだ。宗人が気づかないうちにやるしかない。

真由香はパジャマを着たまま、深夜の廊下《ろうか》に出た。

三人だけの二階建て住居は、驚《おどろ》くほど静かだった。まるで沈黙《ちんもく》の魔物《まもの》が床《ゆか》に這《は》いつくばって息をひそめているみたいだ。

真由香は一歩、二歩、歩いた。

弟が目覚めるはずがないとわかっていても、ついつい忍《しの》び足《あし》になってしまう。

ようやくドアにたどりついた。

ノブに手を伸ばした。

(寝《ね》てるかな)

眠っているはずなのに、不安を覚える。

また、内臓が迫り上がってきた。

(何やってんの！　しっかりしろ！　豊條真由香！)

真由香は自分を叱《しか》りつけた。魔女《まじょ》の自分が何を恐《おそ》れる必要がある。ただ部屋に入って眠っている宗人の上にまたがるだけの話だ。薬は充分効いている。

ついにドアのノブをまわした。

金属音が響《ひび》いて、思わずノブを止めた。

中を窺《うかが》ってみる。

それから最後までノブをまわしてドアを開けてみた。

中は真っ暗だった。

時計の音がコチコチと鳴っている。ドアを閉めようとして、そうだ、魔法を使えばいいんじゃないと気がついた。もうすっかり気が動転してしまっている。

真由香は風の精霊《せいれい》シルフの印形《シギル》をドアノブに向かって描《えが》いた。音なく閉まる姿を想像してドアノブをまわすと、無音でドアが閉まった。

真由香はベッドに向き直った。

魔女は、暗闇《くらやみ》でも目が見える。

弟はやはり爆睡していた。掛《か》け布団《ぶとん》を剥《は》いで胸《む》を剥き出しにして小さな寝息《ねいき》を立てている。

好都合だ。

真由香はベッドに近寄った。

またしても内臓が迫り上《あ》がる感覚が襲いかかり、心臓が激しく鳴りはじめた。

（落ち着け！　自分！）

胸の中で叫《さけ》んでも、逆に激しくなる耳鳴りのように心臓が鼓動《こどう》を速めていく。

口を開いた。

唾《つば》を飲み、また口を開く。

弟までは一メートル以内。ふざけて弟の上に乗ることならいつでもできるのに、いざ真《しん》剣《けん》にやろうとするとできない。

相手はただの弟ではない。

魔女の救世主、揉《も》み男なのだ。

二十四時間ほど前に突然《とつぜん》彼女《かのじょ》の許《もと》に送られた黒い葉書《はがき》が告げたのは、魔女なら一生に一度は襲いかかる最大の厄《やく》、魔厄《まやく》だった。

ナイスバディ消滅《しょうめつ》まであと六十時間。十二時の鐘《かね》が鳴り終わるまでに、揉み男に連続で十三モミン乳揉みをさせよ。しからずんば、永遠に若さと肉体を失うであろう。

揉み男の名は豊條宗人。

何者も、魔厄から逃《のが》れることはできない。

連続でというのがミソだった。途中《とちゅう》で中断してしまったらノーカウントだ。また十三回連続で胸を揉んでもらわなければ、規定の回数に到達《とうたつ》しない。

祖母も母も、魔厄を乗《の》り越えている。乗り越えなければ、自慢《じまん》のプロポーションどころか若さまで失ってしまう。

だが、その相手はよりによって宗人——異性として意識したくない相手だったのだ。

もし自分が流奈だったら、よろこんで宗人に胸をさらけ出したに違《ちが》いない。お兄ちゃん、さわってと甘《あま》えてさっさと魔厄を逃れていたに違いない。

でも、自分にとって宗人はただの弟。

男でありながら、男でない存在。

そんな相手に、胸をさわってなんて恥《は》ずかしいことは言えないし、絶対言いたくない。

でも、言わなければ、自分の女の子としての人生は永遠に終わってしまうのだ。

（ノーム、シルフ、サラマンダー、ウンディーネ……我に勇気を与《あた》えよ……）

思わず天を向いて祈《いの》ってしまった。

でも、四大精霊も勇気を授《さず》けることはできない。勇気は、自分で絞《しぼ》り出すものだ。

（大丈夫。宗人は絶対に目が覚めない）

（またがって十三回、胸をさわらせるだけじゃない）

（相手が男だとか弟だとか思わなければいいのよ。マッサージ器具だと思えば）

真由香が宗人のベッドに上がったときには、すでに十一時五十五分を経過していた。マットレスが沈《しず》み、宗人の身体が傾《かたむ》くとひやりとしたが、宗人の寝息は変わらなかった。

（大丈夫。目は覚まさない）

少しだけ、真由香はほっとした。

胴体《どうたい》の両側に膝《ひざ》をついて、お尻《しり》を浮かせて弟の身体にまたがる。微妙《びみょう》な姿勢だ。まるで人間を襲う夢魔《むま》のような体勢である。

寝ている弟の両腕をつかんだ。弟の手はぶらんとしたままだ。

（いよいよ……）

さらに緊張が込み上げて、真由香は唾を飲んだ。

やばい。

心臓がやばすぎる。

（宗人……目を覚まさないで……！）

懸命《けんめい》に願いながら、上半身を屈《かが》め、宗人の両手を胸のふくらみに押《お》しつけた。

（あ……）

思わず吐息《といき》が出てしまった。

眠っているとはいえ、弟に——異性に、自分の胸をさわらせてしまったのだ。人生初のバストタッチである。

真由香はさらに宗人の手の甲《こう》をつかんで乳房《ちぶさ》に押しつけた。

パジャマの上から、弟の手が圧迫《あっぱく》し、豊満なふくらみを圧していく。

(はぁ……)

またしても吐息がもれてしまった。

弟相手に、なんと自分ははしたない反応をしてしまったのだろう。

でも、寝ている弟にこっそりエッチなことをさせているんだと思うと、緊張しているのに興奮してしまうのだ。恥ずかしいのに、その密戯に感じている自分がいる。

(こ、これはエッチじゃないいんだから！)

(し、神聖な儀式《ぎしき》なんだから！)

(魔厄を解除するために、やむなくするんだから！)

真由香は見え透《みす》いた言い訳をして、さらに手を押しつけた。

一度。

二度。

弟の手を押しつけて乳房を揉ませていく。そのたびに、自慢のGカップのバストがパジヤマの下で弟の手につかまれて、揉みつぶされる。

（ふぁぁっ……）

声をあげそうになった。

気持ちいい。

自分は変になっているのだろうか？

それとも、敏感《びんかん》？

（違う！　き、緊張しているだけよ！）

言い訳に欺瞞《ぎまん》を重ねて、真由香はさらに宗人の手を動かして乳房を揉みしだいた。胸のあたりがじわじわと熱くなってくる。

（宗人……）

時計の針がカチッと動いた。

（ごめん……）

ハァハァと熱い息をつきながら、さらに真由香は宗人の手を握った。ぎゅうっとふくらみがあふれ出し、くり返しパジャマを押した。

押しているうちに胸元《むなもと》からノーブラの胸のふくらみがあふれてきた。

（はぁ……はぁ……あと三回……）

宗人の顔を見下ろしながら、真由香はバストを揉みしだいた。

薬で眠らせた弟の手を使って乳房を揉むという行為《こうい》に、凄《すご》くいけないことをしているような気分になってくる。その倒錯的《とうさくてき》な、背徳的な気分に、ちょっとエッチな声をもらしてしまう。

身体も凄く熱い。

さらに一回揉みしだいた。

あと一回だ。

ここでやめて部屋に戻《もど》っては元《もと》の木阿弥《もくあみ》だ。中断したら、ノーカウントにされてしまう。

（これで終わる……）

真由香は弟の手を強く握った。指先が胸のてっぺんに沈み込み、真由香は思わず声をあげた。

「うっ……」

弟が声をもらし、真由香は凍りついた。

（ひっ……！）

「姉ちゃん……」

宗人の唇《くちびる》が動いた。

(まさか……起きた……⁉)
心臓は止まりそうだった。
せっかく睡眠薬を飲ませたのに、なぜ起きてしまったのだ！
どうしよう。
どうやって言い訳をしよう。
——お姉ちゃん、ちょっとエッチなビデオを見ていて……。
そんな馬鹿《ばか》な！　女は視覚的に発情する生き物ではない！
——てへ、布団間違《ふとんまちが》えちゃった。
何がてへだ！　いったい、誰《だれ》の布団《ふとん》と間違《まちが》えるというのか！
どうしよう。
どうにかしなきゃ。
でも、何の呪文《じゅもん》を唱えればいい？
頭が混乱する中、むにゃむにゃと宗人が口を動かして、再び寝息を立てた。
ただの寝言《ねごと》だったらしい。
緊張は一気に去った。
(馬鹿)

額を叩《たた》こうとして、真由香は思《おも》い止《とど》まった。ここで相手を起こしては何にもならない。弟を起こさないように慎重《しんちょう》に部屋を出ると、駆《か》け足で自分の部屋に戻ってベッドに飛び込んだ。掛け布団を引き上げると、自然に笑《え》みがこぼれた。

やった。

ついにやった。

規定の連続十三モミンをクリアーしたのだ。魔厄の危機から逃《に》げ果《おお》せたのだ。

第四章　誘拐《ゆうかい》で急接近

1

午前六時六分六秒――。
桃泉《とうせん》市の違う町で、同時に二つの悲鳴が巻き起こっていた。糸を引くような、ひぃぃっという少女の叫び声《ごえ》だった。

2

真由香《まゆか》は真っ青だった。

目が覚めたら、不自然なくらい上半身が軽かったのだ。

おかしいなと思ってパジャマの中を見たら、胸がない。もののみごとにぺったんこだった。慌《あわ》てて四大精霊を呼び出して回復魔法《まほう》をかけると元通りGカップの大きさに戻ってくれたが、動悸《どうき》はなかなか収まらなかった。

どうしてよ、と真由香は怒《いか》りを覚えた。

昨日、ちゃんと十三モミンやったじゃん。ちゃんと揉み男に胸をさわってもらったじゃん。

そう思った目の前に、黒い葉書が舞《ま》い降《お》りていた。

魔界《まかい》通信だった。

相変わらず、葉書には連続で十三モミンが必要だと記してある。ついでに妙《みょう》な注意書きも添《そ》えてあった。

《揉み男が起きている状態でなければ無効》

(最初に言ってよ!)

思わず魔界通信を叩きつけた。

これでは揉まれ損、否《いな》、揉ませ損だ。あんなにドキドキして、あんなに恥ずかしい思いをして、あんなに勇気を出して胸をさわらせたのに。寝ていたらだめだって、ふざけすぎている。

憤懣《ふんまん》おさまらず、アラスカにいる肉親に電話をかけた。

なかなかつながらない。

（もう、早く出てよ）

しつこくコールを聞いていると、ようやく相手が電話に出た。

「何か用？」

同じ魔女の母・豊條瞳《ほうじようひとみ》だった。

のんびりした、牧歌的な五十年代のアメリカの音楽が、電話の後ろで鳴っている。

「ちょっとママ！　どういうことよ！」

「何かした？」

「起きてるときじゃないとだめなんて、聞いてないよ！」

「何？　魔厄《まやく》のこと？」

「わたし、こんなのいやよ！」

「魔女なら誰でも来るのよ。いいじゃない、さわらせちゃえば」

「いやよ！　相手わかってるの⁉」

「レオナルドって坊《ぼう》や？」

「宗人《むねと》よ！」

「あら。上出来じゃない。宗人だったらいくらでもさわってくれるわよ。お姉ちゃん、頭おかしくなったんじゃない？　って言われるかもしれないけど、元から頭おかしいからちょうどいいでしょ」

「よくない！　っていうか、娘《むすめ》の頭おかしいって言う母親がどこにいるのよ！」

「こ・こ♪」

真由香は絶句した。

娘がピンチだというのに、母親はまったく危機意識を持っていないらしい。

「別に減るもんじゃなし、ささっとさわらせちゃえば？」

「いやよ！　恥ずかしい」

「最初のお父さんも、そうだったのよ。ママはパパにさわらせてあげたの。ステキだったわ。そのまま、ママとパパは結ばれたのよ」

「あっ、そうっ、もういいっ」

真由香は電話を切った。

母親は当てにならない。かといって、他に当てになる者もいない。

「んもう！」

癇癪《かんしゃく》を起こして、真由香は電話をベッドに叩きつけた。

3

お弁当の紐《ひも》を結ぶと、宗人は階段の方を見やった。

真由香はまだ降りてきていない。

今朝から姉は様子が変だった。妙な叫び声もあったし、ずっと機嫌《きげん》が悪い。おまけに、自分と視線が合うのを避《さ》けようとしている節《ふし》がある。

（おれ、何か姉ちゃんにしたかな）

記憶《きおく》を探《さぐ》ってみるが、脳内ソナーに引《ひ》っ掛かるものはない。大方、女のシーズン——生理が来たのだろう。

「お兄ちゃん、お弁当は？」

白いブラウスに着替《きが》えた妹が元気に駆けてきた。

中等部は高等部と違ってブラウスにピンネクタイだ。中等部の子からすると高等部のセーラー服は憧《あこが》れなのだという。

九十年代に首都《しゅと》圏《けん》で始まったスクール・アイデンティティの流れの中で、次々と制服が変更《へんこう》になり、古いタイプの制服とされたセーラー服は姿を消して、猫《ねこ》も杓子《しゃくし》もチェック柄《がら》スカートに変わってしまった。その波は地方へも飛び火した。

結果、かえってセーラー服が少なくなり希少価値が生まれるという逆転現象が発生したのだ。桃泉市付近もそうだった。

「お兄ちゃん、ボタン外れてるよ」

にこにこしながら流奈《るな》が言った。言ったときには、もう流奈は手を伸《の》ばしていた。新妻《にいづま》よろしくボタンを留《と》める。

「はい♪」

「ありがと」

流奈はまたにこにこ笑った。

「なんだか奥《おく》さんみたいだね♪」

うれしそうに言う。

宗人は苦笑《くしょう》した。どう答えればいいのかわからない。

「お弁当、今日も絵、描いてある？」

「うん」

「何？」

「内緒《ないしょ》」

弁当を手渡《てわた》すと、大事そうに流奈は鞄《かばん》の中にしまい込んだ。それから、

「お兄ちゃん、ぎゅう」

と抱《だ》きついてきた。出かける前にいつもの挨拶《あいさつ》がしてほしいらしい。宗人がやわらかい妹の身体を抱き寄《よ》せると、それ以上の力で妹は宗人に抱きついてきた。

ツンと張った胸のふくらみが宗人の胴体をくすぐる。パツンパツンの、元気いっぱいの心地《ここち》よいかたまりだ。クラスでは一番胸が大きいらしい。

やっぱり、妹はかわいい。自分が他人だったら、間違いなく唇を奪《うば》っているに違いない。

「お兄ちゃん」

妹が唇を突《つ》き出《だ》すようにして目を閉じた。その額に、ちゅっと口づけをする。

「今夜もいっしょにお風呂《ふろ》に入ってね」

目を輝《かがや》かせて一言言い残すと、運動靴《うんどうぐつ》を履《は》いて流奈は元気に走り出していった。

また、昨夜のように胸をさわってとお願いされるのだろうか。

うれしいような、複雑な気分である。

（また姉ちゃんが来てあらぬ誤解を……）

（そうだ、姉ちゃんだ）

二階に上がろうとすると、玄関《げんかん》のドアが閉まった。

（流奈？）

出てみると、セーラー服の後ろ姿が見えた。

「姉ちゃん、弁当！」

「いらない」

「腹減るよ」

「いい」

姉は不機嫌《ふきげん》なままパンクの直った自転車にまたがろうとする。その足が、途中で止まっていた。

今度はサドルがなかった。

「サドルのない自転車を運転できない者はいない。二重否定」

門のすぐ脇《わき》で待ち構えていた在原《ありはら》レオナルドが、さらりと金髪《きんぱつ》を撫《な》でた。本人はきっと決まったと思っているのだろう。

姉が顔を横向けた。怒りで眉《まゆ》がぴくぴくと動いている。

「……二重否定、間違ってるって言ってるでしょうが」

「お困りのようですね、真由香様。ぼくの自転車にはちゃんとサドルがある。どうです、乗っていきませんか？」

「歩いていくからいい」

「まさか遅刻《ちこく》すると！　真由香様が遅刻するなら、ぼくもいっしょに遅刻しましょう！」

「一人だけ遅刻して」

真由香は指を地面に向けて何やら宙に模様を描《えが》いた。そのとたん、レオナルドが凍《こお》りついた。

「何やってんの？」

宗人の問いに、

「う、動かん……！」

両足を懸命に地面から引き離《はな》そうとするが、まったく足は動かない。

「おまえ、何のパフォーマンス？」

「パフォーマンスではない！　こ、これはいったいどういうことだ⁉　なぜ、足が動かぬ！

真由香様、お待ちを！」

「しばらくそこで遊んでなさい」

姉はすたすたと歩いていく。動けないレオナルドは冷《ひ》や汗《あせ》を浮《う》かべるばかりだ。

「おい、手を貸せ。ぼくが歩けるように手助けしろ」

「おまえ、足痙攣《けいれん》したんじゃないの？」

「痙攣などするか！　くそう、なぜこの足が動かぬ。動け足よ！　ジ〜〜〜ク足！」

くだらないパロディをかましながらレオナルドが両足を励《はげ》ますが、双脚《そうきやく》はストライキを決め込んでいる。

(姉ちゃん何かしたのかな)

したのかもしれないが、何をしたのかはわからない。わかっているのは、宗人にはどうしようもないということだ。

宗人はいったん家に戻った。

弁当を二つ鞄に入れて自宅を出ると、相変わらずレオナルドはもがいていた。足元では犬がおしっこをかけている真っ最中だった。

「くそう、ぼくは電信柱ではない! なんという屈辱《くつじよく》だ!」

「おまえ、大丈夫《だいじょうぶ》か?」

「警察を呼んでくれ」

「警察じゃないだろ」

「そうだ、JAFだ! JAFを呼んでくれ!」

JAFとは、日本自動車連盟のことだ。ドライバーにとっては、山奥《やまおく》で車が動かなくなったときに助けを呼ぶ、車の救急車でもある。

宗人は冷静に突っ込んだ。

「それ、車だろ」

「そうだ、ウルトラ救助隊を呼んでくれ！」

馬鹿とイケメンにつける薬はなし。宗人は首を振《ふ》ると、助けを連呼する在原レオナルドに背を向けた。

4

連ねた長机の向こうに、いくつもの書架《しょか》が高層ビルのように林立していた。無愛想《あいそ》な本棚《ほんだな》のビルが無人の図書室で沈黙《ちんもく》している。

図書館を利用する生徒は、清条院学院《せいじょういんがくいん》ではあまり多くない。付近に大きな図書館があるから、読書する生徒自身が減っているから、と大人たちは決めつけている。でも、たぶん、一番の理由はおもしろい本がないからだ。

豊條宗人は恐《おそ》る恐る図書室のドアを開いて中に入った。いつもならいる図書委員は不在らしい。

宗人はポケットから紙切れを取り出した。

《すぐ図書室に来てください。静姫《しずき》》

達筆だった。

恐らく、静姫の直筆に間違いないだろう。姿形からしても大和撫子《やまとなでしこ》といった感じなのに、字面《じづら》からも日本的情緒《じょうちょ》が漂《ただよ》ってくる。

手紙を見たときには驚喜《きょうき》した。

昨日、初めて好きな人に声をかけられた。そして今日、初めて好きな人から手紙をもらったのだ。

それも、別れの手紙ではない。

逢《あ》い引《び》きの手紙だった。

やっぱり、彼女《かのじょ》は自分のことを好きだったのだ。今度こそ、告白されるに違《ちが》いない。そして、キスをして、それから……。

緊張《きんちょう》と興奮に、宗人はジャンプしたくなった。お尻《しり》の方がむず痒《がゆ》くなってくる。宗人は林立している書架の群れに足を踏《ふ》み入《い》れた。

「清条院先輩《せんぱい》……？」

声をかけてみる。

ふと人の気配を感じた。

振り向《む》くと、静姫が白いセーラー服を着て立っていた。高貴な紫色《むらさきいろ》の三本のラインがよく似合う。相変わらず大きなバストだ。胸のかたまりが、まるで粘土《ねんど》のブロックを貼《は》りつけたのではないかと思えるほど、垂直に近い傾《かたむ》きで突出《とっしゅつ》している。

「あ、あの、何かお話――」

「少し手伝ってほしいんです」

「え？」

「あそこの本棚を少し整理したいんです」

静姫は最上段を指差した。

ジャンプしても届かない場所に、大きな本が並んでいる。

「梯子《はしご》を支えていただいてもいいですか？」

「え、ええ」

失望が心の奥まで浸水《しんすい》していった。

てっきり告白されるものだとばかり思っていたのに、自分は手伝いに呼ばれただけだったのだ。

しゃぼん玉みたいにふくれ上がっていたのは、自分だけだったらしい。昨日引っ掛かっていた部分がいきおい心の中に現れて、宗人は不安になった。

（やっぱり……好きじゃないのかもしれない……）

「しっかり持っていてくださいね」

梯子を持ってくると、宗人に頼《たの》んで静姫は梯子を上がった。

意気消沈《いきしょうちん》していた宗人は、ぎょっとした。

女の子が上に行けば、スカートの中が見えてしまう。先輩のショーツだって……。

(や、やばい)

(覗《のぞ》いちゃまずい……好きな静姫先輩《せんぱい》だもん)

(でも、好きだから……見てみたい……)

矛盾《むじゅん》した抑制《よくせい》と欲望とが同時に胸の中を走った。失望はどこへやらだ。

静姫はさらに梯子を上った。スカートの裾《すそ》が頬《ほお》を撫でた。宗人は顔面に熱を覚えて顔を背《そむ》けた。

「あ、あの……取れました?」

「届かないみたいです」

静姫が降りてきた。

「もう少し長いのがいいみたい」

「あ、あるかな」

「ここにあるんです」

言って静姫が指先を宗人の目の前に差し出した。

「え……？」

「よく見ていてくださいね」

美しい、細い指が宗人の顔の前に妙な図形を描いていく。つづいて空中に妙な文字を描いた。知っている者なら、ヘブライ文字を宙に描いているのだとわかっただろう。

次の瞬間《しゅんかん》、宗人はクラッとするのを感じた。

目を瞬《まばた》かせると、静姫の姿が消えて、長い梯子が現れていた。

「ね、あるでしょ」

「あ、ほんとだ」

「じゃあ、持っていてくださいね」

「ええ」

言われて両手を伸ばすと、

「そこじゃないんです……」

少し恥《は》ずかしそうに静姫は言った。

彼女の姿は見えない。

見えないけれども、別に不思議とも思わない。なぜか、そこに彼女がいるという安心感がある。

「ここをさわって……」

静姫に両腕《りょううで》をつかまれて、前方へ誘導《ゆうどう》された。

静姫は息を呑《の》んで、宗人を——宗人の両手を、見つめていた。宗人が梯子だと思っていたのは、他《ほか》ならぬ静姫だったのだ。

宗人はすっかり静姫を梯子だと思い込んでいる。静姫がつかんで導いた宗人の両手は、ゆっくりとセーラー服に包まれたバストに近づき、ついに、触《ふ》れた。

(あは……)

思わず吐息《といき》がもれた。

恥ずかしい。

相手は自分の好きな相手なのだ。

大好きな、かわいい後輩《こうはい》なのだ。

その相手に、梯子だと勘違《かんちが》いさせて自分のバストを揉《も》みしだかせている。

いけない気分と罪の気分に、思わず甘《あま》い声をもらしてしまう。

真実を知ったら、彼《かれ》は怒《おこ》るだろうか？

　でも、仕方がない。好きな子に理由も説明せずに手伝いをさせているのが苦しくて仕方ないけれど、これしか方法はないのだ。

「もっとちゃんとつかんで……」

　かすれる声で言った。

　宗人の手がぎゅっとすぼまった。両手の中で、豊満な胸のふくらみがたわみ、指の間からあふれ出した。

「あぁっ……！」

「あ、あの、どうしました……？」

　胸をさわっているというのに、宗人はまったく気がつく気配がない。

　申し訳ない気分と甘く切ない気分に、思わず胸を突き出してふるえてしまう。

「い、いえ……もう少しぎゅっ、ぎゅって握《にぎ》ってくれますか？」

「え、ええ……」

　つづけて宗人の手が乳房《ちぶさ》のふくらみをつかんだ。

　指がめりっ、めりっとやわらかいかたまりに食い込んでいく。

「ふぁっ……！」

　またしても胸を突き出してふるえてしまった。宗人の握力《あくりょく》が一瞬《いっしゅん》ゆるむ。

「ゆるめないで……もっとぎゅぎゅって……」

握力が強まった。

（あぁっ……宗人くんの手が……）

静姫は無言で身体をふるわせながら、後ろめたい興奮を覚えた。

（ごめんなさいね……あと十回だけだから……）

「もう一度つかみ直して……」

静姫はささやいた。


宗人は不思議な気分だった。

梯子をつかんでいるはずなのに、なんだかやわらかい。やわらかいけれど、梯子ってこんな感じだったよなあとか、こんな感じだったっけとか思う。

なんだかここではない世界、桃源郷《とうげんきょう》をさまよっている感じだ。

「これで……いいんですか……?」

「う、うん……もう一度つかみ直して……」

「え、ええ……」

梯子をぎゅっとつかんだとたん、

「何やってるの！」

鋭《するど》い叫び声《さけごえ》に目が覚めた。

姉が仁王《におう》立ちで立っていた。宗人がぎょっとしたとたん、手から梯子が離れ、真向かいに突然《とつぜん》静姫の姿が現れた。静姫はとっさに胸元《むなもと》を隠《かく》して走り去った。

「待ちなさい！」

真由香があとを追いかけ、図書室を駆《か》け出していった。

宗人は一人取り残された。

（何やってるって……梯子つかんでただけじゃん）

そう思って顔を戻《もど》すと、自分の目の前に梯子などなかった。自分と同じ身長ほどの梯子をつかんでいたはずなのに、大きな梯子はどこにも立っていない。

背筋が寒くなった。

5

「そりゃおまえ錯覚《さっかく》じゃねえ？」

宗人の話に、友人の乳井悟《にゅういさとる》はボンバーヘッドを揺《ゆ》らしてからからと笑い声をあげた。

おおよそ人の話を本気にしていない顔だ。

「だから本当なんだって。梯子つかんでたはずなのに、梯子がなかったんだって」

「んなわけねえだろ。おまえが勝手に梯子があると思い込んだんだろ」

「そんなことないよ」

「じゃあ、何か？　先輩が梯子に化けたっていうのか？」

宗人は口ごもった。

そんなはずはない。静姫先輩はそこにいたのだ。

――そこに？

どこに？

あのとき、姿は見えていただろうか？

最初は確かにいた。

先輩は梯子に上っていた。

でも、そのあと――。

「絶対おまえがボケてたんだよ。だいたい清条院先輩がおまえを図書室に呼ぶってこと自体ありえねえじゃん。舞《ま》い上《あ》がって適当に書架を見間違《みまちが》えたんだろ」

「けど」

「主観と客観って違うんだぜ？　犯行現場を目撃《もくげき》したときでも、白っぽいはずの服が黒く見えたり、二十代の男が四十代の女に見えたりするんだから。視覚なんか一番信用できねえんだから」

乳井はてんで受けつけなかった。

宗人は錯覚だとも幻想《げんそう》だとも思いたくなかったが、反論する材料がなかった。

（本当におれ、見間違えたのかな）

乳井と別れて廊下《ろうか》を歩きながら、宗人は思った。

でも、そんなはずはない。

あのとき、確かに梯子はあった。

この梯子を握ってと静姫先輩に言われたのだ。

だが、先輩がいなくなったら梯子もなくなっていた。順当に考えると、先輩が梯子を持っていったということになるのだろうが、あの大きな梯子を持ってあの速さで逃《に》げられるはずがない。それに、逃げるとき静姫先輩は梯子を持っていなかった。

けれども――。

宗人は首を振った。

（確かに握っていたはずなのに……嘘《うそ》だったのかな。自分で舞い上がって勝手に握ってい

ると思っていたのかな）
（それとも……全然別のものを握っていたのかな）
梯子にしてはやわらかい感触《かんしょく》が蘇《よみがえ》った。
（何を握ってたんだろう……？）

6

昼休み——。

豊條真由香は、二年A組の教室で空席を眺《なが》めていた。

あれから静姫を見つけることはできなかった。結局、彼女は授業を欠席してしまったのだ。あのまま逃走《とうそう》して学校を休んでしまったらしい。

怪《あや》しさ百パーセントだった。

図書室に入ったとき、真由香が目撃したのは弟に胸を揉ませている静姫だった。

愕然《がくぜん》とした。

同時に、意味のない怒《いか》りを覚えた。

（わたしのかわいい弟に手を出して……！）

そう思って反射的に追いかけてしまったけれど、冷静になって考えてみれば、ただ邪魔《じゃま》をしただけだった。

弟が誰《だれ》と付き合おうと、その相手と何をしようと、それは弟の自由だ。相手が静姫にしても同じだ。自分が介入《かいにゅう》することではない。

でも、結果として邪魔してしまった。

脊髄《せきずい》反射的に怒りを感じてしまったのだ。悪い虫を追《お》い払《はら》わねば……と思ってしまったのかもしれない。

弟にメールしてみたが、返事は来なかった。

宗人はきっと怒っているのだろう。

いいところを邪魔されたから。自分は、恋人《こいびと》同士の時間に割り込むような、無粋《ぶすい》な真似《まね》をしたのだ。

きっとあのせいに違いないと真由香は思った。

魔厄の期限まで、約二十四時間。

タイムリミットは刻々と迫《せま》っている。怖《こわ》いという実感を伴《ともな》うときもあれば、あまり感じないときもあるが、二十四時間後の明日の正午までに弟に胸をさわってもらわなければ、自分の若さとプロポーションは砂の城のように消えてしまう。

困ったことになったと、真由香は思った。

二人が付き合っているとなると、弟に胸をさわってと言い出しづらくなってしまう。さわってと言っても、『静姫先輩と付き合ってるから』と断られてしまうかもしれない。そうなったら、もうおしまいだ。

このボディとも永遠におさらばになってしまう。うるさくつきまとっている在原レオナルドも、二度と自分に声をかけなくなってしまうだろう。

どうしよう、と真由香は思った。

少なくとも、学校で痴戯に耽《ふけ》っていた弟を叱《しか》りつけるのは得策ではない。やさしく言い聞かせて……それからどうする？　こんなふうにささやく？

——どうせやるのなら、お姉ちゃんの胸にしなさい。

無理無理！

そんな恥ずかしいことなんて、絶対に言えない。

——お姉ちゃんの胸で我慢《がまん》しなさい。

そんな、ポルノ小説の義母フェチものじゃないんだから、ヒロインの義母のように自分が性的代償《だいしょう》となるなんてありえない。

ならば、どうしよう。

真由香はうなった。

答えは結局、何があっても弟にさわってもらうしかないのだ。

弟が誰と付き合っていようと。

誰を好きであろうと。

自分の胸をさわってもらうしかない。それしか、自分が生き残る道はない。

(どうやって宗人を誘惑《ゆうわく》しよう……)

真由香は机に突《つ》っ伏《ぷ》した。

昼休みの喧騒《けんそう》が耳に聞こえてくる。

(弟の誘惑の仕方なんか、わかんないよう……)

ため息をついた。

弟は、異性として意識したくない相手なのだ。でも、異性として意識させる行為《こうい》を、相手に強制しなくてはならない。

(宗人、ちゃんとさわってくれるかな……)

(姉ちゃんの胸なんかいやだとか言われたらどうしよう……)

(どんな展開に持ち込んだらいいんだろう……)

わからない。

過去に男から告白されたのは一度や二度ではない。男を振《ふ》るのには慣れているが、男を誘惑するのには慣れていない。

友達の乳井のぞみも、きっと相談には乗ってくれないだろう。

（ママも頼《たよ》りにならないし……）

真由香は窓から見える正門の方に目をやった。

みんなのんびりとして、幸せそうに見える。自分のような不幸とは無縁《むえん》に見える。

（いいな……）

思ったそのとき、真由香は立ち上がっていた。知っている顔が正門を出ていったのだ。

（宗人……!?）

弟らしい人影《ひとかげ》は、きょろきょろしながら人気のない方へ歩いていく。

（何をしに……）

胸騒《むなさわ》ぎを覚えた。

きっと、またあの女に違いない。学校には来ていないが、きっとどこかで会う約束をつけたのだ。

かわいい弟を誘惑させてなるものか。

これ以上関係が進展したら、自分が胸をさわってもらう機会もなくなってしまう。

（絶対、阻止《そし》してやる！）

真由香は教室を飛び出した。

7

「お嬢様《じょうさま》？　お嬢様っ？」

運転手が静姫を呼んでいる。

でも、今は返事したくない。誰にでも一人になりたいときはあるものだ。タクシーで帰宅してからというもの、静姫は三十畳《じょう》の自室にこもっていた。またしても暴走してしまった自分を思うと、悔《くや》しいやら悲しいやらで、はらはらと涙《なみだ》をこぼしたくなってしまう。

また失敗だった。

図書室に呼び出したのは、自分の気持ちを伝えるためだった。

好きです。だから、お願いがあるの。

そう言うつもりだったのに、姿が見えたら『あれをやらなきゃ』と本棚《ほんだな》の整理を手伝わせてしまった。挙げ句にあんなことまでしてしまった。自分を梯子《はしご》と思わせ、胸をつかませてしまったのだ。しかも、あと数回揉んでもらえればＯＫというところで、豊條の姉に邪魔されてしまった。またしてもノーカウントだ。

学校に行けば、きっと真由香に詰問《きつもん》されるだろう。生徒会長があんな不埒《ふらち》な真似をしていいの？　と問《と》い詰《つ》められるだろう。そして、それに対する答えを自分は持っていない。

真実とは、口にできないもののことだ。

本当のことは言えない。

相談しようにも、同じ血を引く母も祖母もこの世にはいない。二人とも、二年前に去ってしまった。『あれ』には気をつけるのよと言い残して……。

次に豊條の姉に会ったら、どう言い訳すればいいのだろう。

——豊條くんがいきなり……。

そう。

被害者《ひがいしや》になれば簡単だ。

彼は否定するだろうが、男が悪いと相場は決まっている。

姉も誤解して弟を責めるだろう。

でも、それはできない。

好きな相手を悪者にはできない。

（やっぱり正直に言うしかないのかしら……）

静姫は思った。

いや。

無理だ。

豊條家の姉にも弟にも、そんなことは言えない。

実はこういうことなので、わたしの胸をさわってほしいの。そんなことを説明しても、にこやかに協力してくれるとは思えない。真実を話しても、頭がおかしいと思われるか、引かれるだけだろう。そしてそれは、ロマンスの終焉《しゅうえん》を意味している。

静姫はため息をついた。

伝えたいことはただ二つ。

好きということと、あのことだけ。

なのに、いつもあのことが先走りしてしまう。好きの二文字は言えずにふしだらな方向に突っ走《ぱし》ってしまう。そして、失敗している。

もはや、こうなったら強行手段に出るしかないのかもしれない。

静姫は学生鞄《かばん》の中から、穴あき手袋《てぶくろ》を出した。

一度はめれば、決して外せない手袋。好きな相手の胸をさわるまでは、決して外せない魔《ま》の手袋。

相手が自分のことを好きかどうか確信が持てなかったからためらっていたが、これを使うしかない時が近づいているのかもしれない。

再びノックが響《ひび》いた。

「お嬢様。ご用意が整いました」

ご用意？

何の用意だろう。

おかしなことを言うものだと思いながらドアを開けると、短髪《たんぱつ》の女性運転手が立っていた。

「どうしたの？　学校に行くの？」

「行けばわかります。さ、どうぞ」

先導して運転手は歩き出した。静姫は胸騒ぎを覚えていた。

8

宗人はコンビニへ行くふりをして、正門を出ていた。ケータイを見ながら指定された場所へ歩いていく。

期待と不安で胸は激しく鳴っていた。

どうやって静姫が自分のメールアドレスを知ったのかはわからない。

姉から？

いや、それはありえないだろう。

今度こそ告白されるのかなという気持ちもあるけれど、また妙《みょう》な手伝いをさせられるだけではないかという気もする。

正直、静姫先輩《せんぱい》の気持ちがわからない。

自分のことを好きなのか。

何のために自分を二度も呼び出したのか。

好きだから胸をさわらせたのだろうし、好きだから胸を押《お》しつけてきたのだろうと思うのだが、ならば、なぜ好きなのに告白もせずに手伝いをさせるのだろう。

この世は矛盾《むじゅん》のかたまりだが、静姫先輩も矛盾している。

その矛盾の真意を確かめるべく、宗人は正門を出て、指定された人気《ひとけ》のない通りに入っていた。正門の前には大きな通りが入るが、小道に入るととたんに人通りがなくなる。

（このあたりだけど、どこにいるのかな）

ケータイが鳴った。

新着メールが届いていた。

《そこで止まって》

液晶《えきしよう》画面を見つめる宗人の後ろに、日産の高級ミニバン・エルグランドが迫った。窓ガラスにはブラインドのシールが貼《は》ってある。

肩をつかまれて振り返ったときには、エルグランドのドアはすでに開いていた。黒服に黒いサングラスの短髪の女たちが宗人を引っ張る。

「わっ、何っ――」

声をあげる間もなく口を覆《おお》われ、宗人は銀色の車体に突っ込まれた。

車はゆるやかに発進した。

もがく宗人は、顔面にハンカチを押し当《あ》てられた。遠くで姉の声が聞こえたような気がしたが、意識はそのまま遠のいていった。

《どうしてこんなことを？》
どこかで聞いたような声がしている。
《しっ！　そろそろ目が覚めます》
《ああ……こんな……》

《我々はお嬢様の味方です。我々の言う通りになさってください。結界を張っておりますので、邪魔な侵入者《しんにゅうしゃ》もおりません》

宗人は目を開いた。

何も見えなかった。

動こうとして、自分が椅子《いす》に縛《しば》りつけられていることを知った。どうやら猿《さる》ぐつわをかまされ、目隠《めかく》しをされているらしい。

(な、何だ、これ……⁉)

(おれ、誘拐《ゆうかい》されちまったのか……⁉)

靴音《くつおと》が宗人の前で止まった。

「いいか。今日ここで見聞きしたこと、手にしたものは永遠に忘れろ」

宗人はううっとうなった。

誰？　と尋《たず》ねたのだが、相手に通じるはずがない。

「これがわかるか？」

脇腹《わきばら》に尖《とが》ったものが触《ふ》れた。硬《かた》く、突き刺《さ》さってくる感触だった。

背筋が凍《こお》りついた。

刃渡《はわた》りのでかいナイフ——恐らくジャックナイフだった。

「抵抗《ていこう》するな。殺す」

宗人は必死にうなずいた。

こんなところで殺されたくはない。

やっと愛《いと》しの静姫先輩と仲良くなったばかりなのだ。まだ告白もしてもらっていないし、自分だって好きだと言っていない。

おれ、誘拐されちゃったんだと宗人は思った。

なんだか、無性《むしよう》に悲しくなってくる。

ニュースで拉致《らち》とか誘拐とか他人事のように眺めていたのに、それが自分の身に起きてしまったのだ。

例のあの国だろうか？

もう姉ちゃんに会えないのかな。

流奈に会えないのかな。

静姫先輩に好きだって言えないまま、おれ、死んじゃうのかな。

永遠に日本に帰れなくなっちまうのかな。

悲しい思いをめぐらしているうちに、両手を縛っていた紐《ひも》が切られた。

（え……!?）

（もしかして、解放してくれるの……⁉）

「いいか。余計なことはするな。したら、刺す」

ジャックナイフの切っ先が食い込んだ。低い女の声に、宗人はうなずいた。

「両手を前に突き出《だ》せ」

言う通り、宗人は手を前に伸《の》ばした。

腕《うで》を切断されるのかな、なんてありえないことを想像してしまう。

「もっと上だ」

肩《かた》を越《こ》える高さまで手をあげた。

不安と恐怖《きょうふ》で心臓は破裂《はれつ》しそうだった。

自分は、脇腹を刺されるのだろうか。それとも、拷問《ごうもん》されるのだろうか。

「もっと伸ばせ」

伸ばすと、思わぬものが両手に当たっていた。まさか、そこにものがあるとも思っていなかっただけに、反射的に手を引っ込めた。

「引くな！　前に突き出せ！」

言われてまた手を伸ばした。やわらかいものが両手の先に触れて、ぷにゅんとつぶれた。

（んはぁっ……！）

（こ、これって……！）

手に触れたのは、ムチムチしていて、さわり心地《ごこち》のいいものだった。

スポンジ？

そんなものではない。

ゴムボール？

いや、もっと中身がつまっている。ぎっしりと肉が充満《じゅうまん》していて、やわらかく、心地よい弾力《だんりょく》に満ちあふれている。

（こ、これって……どこかでさわったことがあるぞ……）

「それをつかめ」

言われて慎重《しんちょう》に手の中のものを包《つつ》み込むと、心地よい反発力と圧倒的《あっとうてき》なボリュームが手のひらに漲《みなぎ》った。快感と弾力とがパチパチと炸裂《さくれつ》し、指の間から激しくあふれ出した。

（うわぁっ……！）

（こ、これは……！）

目の前で吐息《といき》がもれる気配がした。

間違《まちが》いなかった。

女の身体——オッパイだった。

「何度でもつかめ」

言われて宗人は超特大《ちょうとくだい》の爆乳を何度も揉《も》みつかんだ。殺されるか拷問されるかだろうと思っていたのに、こんなに気持ちいいものが待っていたなんて……。

いったい、この誘拐犯《ゆうかいはん》たちは自分に何をさせたいのだろう。

見知らぬ女性の胸を揉みしだかせて、何をしようというのだろう？

「ンン……あぁ……」

揉まれた女性が声をもらした。

(凄《すご》い……)

(この人、めちゃめちゃオッパイおっきいよ……気持ちいい……)

(先輩《せんぱい》ぐらい気持ち……)

はっとした。

どことなく、その胸のボリュームや声の調子にデジャヴューを感じたのだ。

(まさか、これって……)

「やっぱり、やめましょう」

宗人と正対していた女性がふいに退いた。宗人の両手から心地よい双《ふた》つのふくらみが離《はな》れた。

「こんなの、いけないわ」

「しかし、マヤクが——」

「でも、こんな誘拐みたいなことをしてわたしが幸せになっても……」

「しかし、お嬢様の身体が——」

「脅《おど》すのはやめて。目隠しもとってあげて」

「それではお嬢様の正体が」

「この人に謝《あやま》ります」

「しかし——」

誘拐犯がためらう。

ううっ、ううっと宗人はうなった。

宗人の知っている声に間違いはなかった。

でも、理由がわからない。

なぜ、あの人が自分にこんなことをするのだろう。自分のことを好きではなかったのか？

なぜ？

なぜなんだ？

その問いを、場違《ばちが》いな絶叫《ぜっきょう》がさえぎっていた。

9

薄汚《うすよご》れた小屋とその前に止まった日産エルグランドを見た瞬間《しゅんかん》、真由香は確信していた。

事件が起きたのは、十五分ほど前のことだった。

弟の姿を追って正門を出たところで、真由香は運悪く在原レオナルドに遭遇《そうぐう》してしまったのだ。

「ぼくに会うためにわざわざ出てきてくれるなんて、やはり、ぼくに惹《ひ》かれない女などいない。二重否定」

レオナルドが赤い薔薇《ばら》の花を胸ポケットから抜《ぬ》いて香《かお》りを嗅《か》いでみせる。

(ああ、もううっとうしい!)

真由香は顔をしかめた。

「今朝、真由香様はぼくの両足を釘付《くぎづ》けにした。無駄《むだ》なことです。すでにぼくのハートは真由香様に釘付けなのに」

在原レオナルドの向こうでは、小さくなっていく弟が角を曲がっていく。

「どいて。邪魔《じゃま》よ」

「さあ、ぼくの両腕《りょううで》へワープ・イン♪」

在原レオナルドが両腕を広げるよりも早く、真由香は脇《わき》を抜けて走り出した。

「フハハハハ！　どこへ行くのです、真由香様！　足はぼくの方が速いのですよ！」

猛然《もうぜん》と在原レオナルドが追いかける。が、かまっている場合ではない。

真由香は角を曲がり——凍りついた。そこで目撃《もくげき》してしまったのだ。エルグランドに連れ込まれる弟の姿を。

はっとしたのは、エルグランドのドアが閉まってからだ。

「ちょっと！　こら！　待ちなさい！」

発進したエルグランドを追いかけたが、車に追いつけるはずがない。

魔女《まじょ》はスーパーマンではないのだ。

それに、レオナルドの近くで箒《ほうき》にまたがるわけにもいかない。

「おお、愛しの真由香様〜っ！」

しつこくレオナルドが追いかけてくる。

だが、追走するのは真由香の方だった。

大通りに出る前に、真由香は猛追《もうつい》して指先で印形を描《えが》いた。それを車の真後ろに投げる。

印形がテールランプにぴったりと貼りついて消えるのを確認《かくにん》したところで、エルグランドは左に曲がって大通りに消えてしまった。

真由香は大通りに出て、エルグランドの消えた方向を見やった。

(もう少し早かったら助け出せたのに……!)

(待ってな、宗人! 姉ちゃんが助けてあげるから!)

片手をあげて、真由香はきょろきょろと左右を見まわした。

早くタクシーをつかまえて追いかけなければいけない。もしかすると、あれはあの国の連中かもしれない。

かわいい弟を拉致されてたまるものか。

だが、一向にタクシーは現れてくれない。

(ケータイで呼ぼう)

ポケットに手を突っ込んで、財布《さいふ》も持っていないことに気がついた。これではタクシーで追跡《ついせき》できない。

「真由香様、ここに……」

またしても現れたレオナルドの脇を抜けて、真由香は正門に駆《か》け戻《もど》った。

(自転車……!)

かくなる上は、自転車で追走するしかない。

だが——自転車置き場に飛び込んだところで、真由香は一番肝心《かんじん》なことを思い出していた。今日は歩いて学校に来たのだ。自転車は持ってきていない。

（わたしの馬鹿《ばか》！　どうやって助けるっていうのよ！）

すべては在原レオナルドのせいだ。あいつがサドルを外すから——。

「フフフ、つかまえた」

在原の声が真後ろで響いた。

「さあ、ぼくとともに昼休みをランデブー♪」

「在原！」

「は、はいっ⁉」

厳しい声に、在原レオナルドは素《す》っ頓狂《とんきょう》な声をあげた。真由香は片手をあげて引っぱたこうとしたが、名案が浮《う》かんだ。

「自転車、貸して！」

「ぼくといっしょに乗るのなら、お貸ししましょう」

「いいから貸しなさい！」

「タンデムが条件です」

二人は睨《にら》み合《あ》った。

レオナルドは、真由香の蹴《け》りを警戒《けいかい》して間合いの外にいる。

「車を追ってるんですね、真由香様」

「知っているなら貸しなさい！」

「ぼくが漕《こ》いだ方がまだ速い」

「二人乗りで追いつけるわけないでしょ」

「愛に不可能はない。元自転車競技部を舐《な》めてはいけない」

「じゃあ、さっさと自転車を出しなさい！」

在原レオナルドは二十六インチの自転車を引っ張り出した。よく見ると、サドルは自分の自転車のサドルだ。

（やっぱり、こいつが……！）

一発殴《なぐ》ってやろうかと真由香は思ったが、かろうじてこらえた。

今は弟が先決だ。

後部座席に乗ってサドルをつかむ。

「しっかり背中につかまってください」

「人のサドル盗《ぬす》んだくせに」

「ぐっ」

「早く！」

「ラジャ〜〜！」

在原レオナルドの自転車はホイールスピンをして走り出した。

中学時代、在原レオナルドは陸上部と自転車競技部を掛《か》け持《も》ちしていたそうだ。それだけに、尋常《じんじょう》なスピードではない。二人乗りであることを感じさせないほど、凄《すさ》まじいスピードだった。たまらず、レオナルドの背中に胸を押しつける。

「ンフ〜、いい感触《かんしょく》」

「殺すわよ」

「殺して」

あとで絶対殺してやると真由香は思った。

今はとにかく、宗人だ。

爆走《ばくそう》する自転車に必死につかまりながら、真由香はケータイを開いた。

親指で印形を描くと、液晶画面に点が浮かんだ。

車に貼りつけたマーキングはうまく働いてくれているらしい。ケータイの地図と連動して、相手の位置を示してくれている。

「そこの交差点を右に曲がりなさい！」

「ラジャ〜！」

在原レオナルドはドリフトしながら、カーブを曲がった。

十数分後、たどりついたのが廃屋《はいおく》だった。

小さな鉄工所の跡《あと》らしく、錆《さ》びた建物が残っている。窓が一つとドアが一つある以外は、入り口はない。おまけにドアは堅《かた》く施錠《せじょう》されている。

真由香はドアに張りついて中の様子を窺《うかが》った。

声はあまり聞こえない。

レオナルドに見えないようにしてドアノブに印形を描いた。だが、ドアは開かなかった。

（なんで……？）

再度印形を描いてみる。

やはり、ドアノブは動かない。印形が何かに弾き返されているみたいだ。

（まさか……結界……!?）

正体に気づきかけたとき、在原レオナルドがぬっと近づいた。

「お困りのようですね、真由香様」

「近寄らないで！」

小声で怒鳴《どな》る。

「このぼくが突破《とっぱ》してみせましょう」

「何する気？」

レオナルドは自転車にまたがると、またしてもホイールスピンを起こして自転車を発進させた。向かうは、ただひとつある窓ガラス。

（まさか……！）

声をかけようとしたその刹那《せつな》、

「真由香様～～っ！　ぼくたちの世界へ、ワ～～～プ・イン！」

レオナルドの自転車は宙を飛び、窓ガラスに突っ込んだ。

派手な音が飛び散った。

甲高《かんだか》いガラスの破壊《はかい》音が鳴《な》り響《ひび》き、その最中《さなか》へレオナルドの自転車が飛び込む。その真正面に、黒服の女がいた。

ひっと声をあげて退いた。

その先に、目隠しをされ、椅子に縛りつけられた人質《ひとじち》の姿があった。

急ブレーキが響き、自転車は椅子に直撃《ちょくげき》した。

人質が、在原レオナルドが吹《ふ》っ飛《と》び、二人ともぐえっと声をあげて動かなくなった。あとを追いかけて、真由香は窓ガラスから飛び込んだ。

「宗人〜っ！」

「豊條くん！」

二人の少女が駆け寄《よ》った。同時に宗人の身体に手を伸ばし、そこでお互《たが》いの正体に気がついた。

「何してるのよ！　わたしの宗人にさわらないで！」

「すみません、これにはわけがあるんです！」

静姫が頭を下げる。

「何がわけよ！　うちの弟を拉致してどういうつもりよ！　あなた、何様⁉」

「ごめんなさい……ですから、これには深い事情が……」

「そりゃおありなんでしょう！　わたしたちにはわからない高貴な事情がね！」

真由香は皮肉を響かせて、人質の猿ぐつわと目隠しを外した。現れた顔は、やっぱり宗人だった。自分のかわいい弟だ。

「宗人？　宗人？　お姉ちゃんよ？　宗人⁉」

身体を揺《ゆ》さぶり、ほっぺたを寄せるが返事はない。

左胸に耳を当ててみた。

動いている。

生きているようだ。

「本当にごめんなさい……」

そばで静姫が頭《こうべ》を垂れた。

真由香は殺意に近い怒《いか》りを覚えた。

もしこれで弟が意識を取《と》り戻さなかったら、どうしてくれるのか。直接の原因は自転車でぶつかった在原レオナルドだが、元の原因は清条院静姫だ。

「宗人に何をしたのよ！」

真由香は、反射的に片手を振《ふ》り上《あ》げた。

だが、そのとき——思いがけない言葉が、静姫の口からもれていた。

「豊條さんには信じてもらえないかもしれませんけど……わたし、魔女なんです……」

第五章　押《お》しかけて最接近

1

午後二時——。

在原レオナルドは、足に生ぬるいものを感じて目を覚ました。

どこかわからないアスファルトの上だった。確か真由香と捕物帳《とりものちょう》に出かけて自転車を漕いでいたはずなのだが、自転車も真由香もない。

（どこだ？）

首をあげたレオナルドは、足元の妙《みょう》な生ぬるさと犬の姿に気づいた。

またしても、犬がおしっこをかけていた。

「貴様〰〰っ！」

声をあげた瞬間、犬が足に噛《か》みついた。

「ぎゃ〰〰〰〰〰〰〰〰っ！」

在原レオナルドは、不幸な絶叫をとどろかせた。

2

どうしてこうなってしまったのだろう。

真由香は眠《ねむ》っている弟を抱《だ》きながら思った。宗人は、まるで目覚めるのを拒《こば》むかのようにずっと眠りつづけている。

日産エルグランドは二人を乗せたまま、まっすぐ豊條家へ向かっていた。

(同じ穴の狢《むじな》だったなんて……)

真由香はため息をついた。

皮肉なものだ。

七月七日午前〇時〇分。まったく同じ時刻に二人の魔女に魔厄の告知が届いてしまったのだ。

揉み男も魔厄の期限も、まったく同じ。

同じタイムリミットまでに、同じ少年に胸を揉んでもらわなければいけない。しかも、その相手は自分の弟——宗人なのだ。

《運転手もわたしと同じ魔女です。わたしが苦しんでいるのを知ってなんとかしようとこんな真似《まね》を……》
《けど、犯罪でしょ？》
《わたし、宗人くんが好きなんです。だから、どうしたらいいのかわからなくて……》
そう言われてしまうと、殴る気になれなかった。
魔女は孤独《こどく》だ。
魔厄の不安は、魔厄を味わった者にしかわからない。
母からも、祖母からも、魔厄を乗《の》り越《こ》えられなかったために永遠に美貌《びぼう》を失った者のことは聞かされている。
惨《みじ》めなものだ。一晩でそのグラマラスなボディを失い、さらに若さまで失っていくのだから。
二十代なのにまるで老婆《ろうば》のようなしわしわの肌《はだ》で背筋を伸《の》ばして歩いている女を見かけたら、それは間違いなく魔女だ。それも、魔厄に襲《おそ》われてしまった魔女だ。
《わたしも、あと二十四時間もないんです。それまでに宗人くんに胸をさわってもらわないと……》
《好きって言ってから、魔厄が来てくれたらよかったのに……》

別《わか》れ際《ぎわ》、深く頭を下げた静姫の姿が思《おも》い浮かぶ。

静姫から告白を受けて真由香が最初に行なったのは、気絶している弟に暗示をかけることだった。

例のことは、夢だったと言っておけばいい。

正門を出て歩いているときに頭を打ったのだと、適当なことを言って誤魔化《ごまか》しておけばいい。きっと弟は夢物語だと思うだろう。

問題はこれからだった。

残り時間は限られているというのに、ライバルがいるなんて。在原レオナルドのことより厄介《やっかい》だ。

(ねえ、宗人)

眠っている弟に真由香は問いかけた。

(お姉ちゃん、どうすればいい?)

もちろん、答えてくれるはずがない。いっそのこと、宗人が発情して、勝手に十三回胸を揉《も》んでくれればどれだけ楽なことかと思うが、宗人はそんなことをする弟ではない。大切な、かわいい弟だ。

真実を知ったら、宗人はどう思うだろうと真由香は思った。

静姫が魔厄から逃《のが》れるために胸をさわらせていたと知ったら、どれだけショックを覚えるだろう。

宗人は静姫のことが好きなのだ。

もちろん、静姫も宗人のことが好きだが、そう言われても信じられないに違《ちが》いない。

思い切って本当のことを話した方がいいのだろうか。

いや。

それはできない。

別々の家族だった人間が、ようやく同じ豊條家の人間になったのだ。魔厄のことを話したら、またばらばらになってしまう。宗人はきっと距離《きょり》を置いてしまうだろう。自分のことも、お姉ちゃんと呼んでくれないかもしれない。

エルグランドが住宅地で止まっていた。

「ご自宅の前です」

黒服の女が言う。

「今回のことは――」

「わかってる。魔女同士、野暮《やぼ》なことはしない」

「ありがとうございます」

黒服の女は真由香に小包を握《にぎ》らせた。恐《おそ》らく、お金だろう。いくら入っているのかは興味がない。札束は、ばらばらの家族をひとつにしてはくれないし、魔厄だって避《さ》けてくれない。

真由香と黒服の女は、二人で宗人を下ろした。弟とはいえ、高校一年生の身体はなかなかに重い。

玄関《げんかん》を開けて自宅に運び込むと、二階から流奈が駆け下《お》りてきた。

「あれ？　お兄ちゃん、どうしたの？」

「ちょっと気分悪いって寝《ね》てるの。運ぶからどいて」

「わたしも手伝います」

妹の脇から別の手が伸びた。

「あ、ありがと……って、わぁっ！」

真由香は飛びのいた。

そこには――さきほど別れたはずのもう一人の魔女、清条院静姫がいたのだ。黒いノースリーブのニットに豊満なオッパイをなんとか包《つつ》み込んでいる。

「あ、あなた、何してんのよ！」

「お世話しようと思いまして」

「か、勝手に人の家に上がるな！　出ていって！」

「今晩は泊《と》まっていきます」

「なっ……ふざけんな！」

「あと二十時間です」

ぼそっと静姫がつぶやいた。

真由香は凍《こお》りついた。

静姫が小声で追い打ちをかける。

「まさか、数少ない同胞《どうほう》を見捨てるということはありませんよね？」

「お、弟を誘拐《ゆうかい》しておいて……」

「お姉ちゃん、誘拐って何？」

誘拐という言葉に妹が反応する。

「何でもない！　とにかく帰ってちょうだい！」

「いいんですか？　妹さんにバラしますよ……魔女《まじょ》だってこと」

静姫がささやいた。

（こ、こ、こいつ〜っ！）

（微妙《びみょう》に性格悪い〜〜っ！）

真由香は涙目《なみだ》で静姫を睨んだ。

静姫はにこにこと屈託《くったく》のない微笑《ほほえ》みで返した。

何が何でも弟のそばにいて、今日中に連続で十三モミンを得るつもりらしい。涙ながらに魔女であることを告白したときにはかわいい女だと思ったが、前言撤回《てっかい》だった。

「お姉ちゃん、早くお兄ちゃん運ぼう♪　看病はわたしがしてあげるね。流奈、看護婦さん」

流奈が一足先にタタタと駆け上がっていった。悩《なや》みのない妹だけは幸せだ。

「では、そういうことでよろしくお願いします」

静姫が微笑んだ。

「さわんないで！」

言って真由香は弟を抱き寄せた。

「三人で運んだ方が楽ですよ」

「一人で運ぶ！」

真由香は宗人の身体を背負《せお》った。思わずよろめく。

「ほら」

「ほっといて！」

眠っている人間は重い。少しよたよたしながら、真由香は部屋にたどりついた。弟をベッドに寝かせる。あとは目が覚めるのを待つだけだ。

黒服の女が車に戻ってようやく一息つくと、威勢《いせい》よくドアが開いた。

二人の女は目が点になった。

看護帽《ぼう》をかぶって白いナース服を着用し、聴診器《ちょうしんき》をぶら下げたかわいい看護師が姿を現していたのだ。

白い襟元《えりもと》からは、発育のいいCカップのふくらみが谷間を覗《のぞ》かせている。

「診察《しんさつ》で～す♪」

甘《あま》ったるい声を流奈は響かせた。

「る、る、る、流奈～～～～～っ！」

真由香は絶叫《ぜっきょう》した。

「何？　かわいい？」

「なんてかっこうをしてるの！」

「だって、お兄ちゃん看病するならちゃんと着替《きが》えなきゃって思って」

「そういう場合じゃないでしょ！」

「何、お姉ちゃんも着たいの？」

「なっ！」

「だめだよ、これ一着だけだから」

「誰《だれ》が着るか！」

真由香の大声に、宗人がうなり声をもらした。

「宗人？」

「豊條くん？」

「お兄ちゃん？」

三人が一気にベッドに駆《か》け寄り、身体をぶつけ合った。あまりに勢いよくぶつかりすぎて、三人はバランスを崩《くず》して同時に宗人の身体に倒《たお》れ込んだ。

「うげ～っ！」

悲痛な、しかし、幸せな呻《うめ》き声《ごえ》が、豊條家に響きわたった。

3

久しぶりに過ごす、落ち着いた夜だった。

料理をつくらないのはどれくらいぶりだろうか。両親が日本にいる頃《ころ》も、二人は仕事で遅《おそ》かったから主夫は宗人だった。

もしかすると、半年とか一年ぶりぐらいかもしれない。

夕ご飯は美味《おい》しかった。

流奈と静姫がメインで料理を担当したからだろう。真由香が担当した野菜炒《いた》めは、ただの黒いかたまりになっていた。姉にとって、料理とは炭化させることらしい。今頃《いまごろ》、三人で皿洗いをしているはずだ。

宗人は、不思議な気分だった。

昨日、初めて静姫先輩《せんぱい》と口を利《き》いて、バストタッチまでして。そして今日、その好きな先輩《せんぱい》が自分の家にいる。おまけに手料理までご馳走《ちそう》になってしまった。

なんだか、現実でないような、夢を見ているような気分だ。

まだこの非現実的な現実に慣れない。

憧《あこが》れの静姫が自分の家にいて、しかも、いっしょにご飯を食べて、おまけに今はキッチンで皿洗いをしているという現実がまだ納得《なっとく》できない。

論理的に考えて、ありえないことだった。

どうも合点《がてん》がいかない。

記憶《きおく》も、宗人を悩ませていた。

自分が自宅に運び込まれた経緯《いきさつ》については、気分が悪くなって倒れていたと姉も静姫も説明してくれたが、どこか違うような気がする。

確か自分は正門から人気《ひとけ》のない通りへ向かっているところで誘拐されたのではなかったのか。誘拐先で脅迫《きょうはく》されたのではなかったのか。そこで胸を揉まされ、姉が乱入したのではないか。あのとき見かけた姿は静姫だったはずだ。

だが、それは長い夢だったような気がする。しかし、夢にしてはあまりにも生々しく現実的で、本当に夢だったのだろうかという気もする。

宗人は一人、部屋の中で首をひねった。

古代中国の思想家・荘子《そうし》の話に、胡蝶《こちょう》の夢というのがある。

荘子はある日、蝶になった夢を見た。蝶になってさんざん楽しんだあと、夢から目が覚めてみたが、自分が蝶の夢を見たのか、蝶が夢を見て今自分となっているのか、わからなくなったという。

――知らず周の夢に胡蝶となれるか、胡蝶の夢に周となれるか。

蝶が夢を見るはずがない、と宗人は思っていた。夢を見ていない者は、それが夢なのかなど考えはしない。だから、そんな勘違《かんちが》いは起こすまいと思っていたのだが、今ならその気分がよくわかる。

現実と非現実の区別が不明瞭《ふめいりょう》で、どこまでが現実に起こったことでどこまでが夢で見たことなのかわからない。

夢の世界の出来事も、現実世界の出来事も、ともにあまりに非現実性が高くてついていけない自分がいる。わかっているのは、今は恐らく現実だろうということくらいだ。

窓の外は、すっかり真っ暗になっていた。時計の針は午後九時に向かっている。

（静姫先輩、まだ帰らなくていいのかな）

宗人は思った。

静姫はいいところのお嬢様《じょうさま》のはずだ。そのお嬢様が、男の家に遅くまでいていいものなのだろうか。きっと門限もあるはずだ。

不思議なことに、真由香も門限のことを口にしていない。

（もしかして、泊まってっちゃうのかな）

まさか、と宗人は思った。

思ったけれども、期待に胸はふくらんでロマンティックな気分で満たされてしまう。胸の奥《おく》もふわふわ、足元もふわふわだ。

ドアが軽くノックされていた。

(静姫先輩かな……?)

ノブをまわすと、立っていたのは姉の真由香だった。

「お風呂《ふろ》沸《わ》いたよ」

「あ、そう」

二人無言になった。

沸いたことを告げたのだからすぐ帰ればいいのに、姉は帰ろうとしない。しつこく居すわっている。

「何」

「う、うん……」

言ったきり、答えない。

朝の図書室のことだろうか。それとも、昼の事件のことだろうか。問《と》い詰《つ》められるのがいやで、宗人は別のことを話題にしてみた。

「静姫先輩、帰らなくていいの?」

「あ、うん……」

「そう」

また沈黙《ちんもく》する。

妙な姉だ。

「おれが先に入ってもいいの？」

「う、うん……」

宗人は部屋を出た。姉の視線がすがるように追いかけてきた。

何か言いたそうな、何かしてほしそうな顔だった。だが、宗人は知らないふりをした。ふりをして、階段を下りてしまった。

4

真由香がキッチンに戻《もど》ると、流奈と静姫がシンクをぴかぴかにしていた。ステンレスの素材が鏡にでもなったかのように銀色に反射している。

「お姉ちゃん、見て見て～ぇ♪　ぴかぴかぁ♪」

流奈は上機嫌《じょうきげん》だった。

静姫も隣《となり》でにこにこしている。

黒いニットの上からエプロンを身に着けているが、相変わらず大きな胸だ。

「あ、うん……そうね……」

流奈は静姫と馬が合うようだった。きっと同じ魔女ではないからだろう。しかし、静姫の正体と目的を知ったら、どうなるだろうか？

でも、それは自分の場合でも同じだ。

自分が魔女だと知ったら、妹はどうするだろうか？　ようやくまとまった家庭は、ばらばらになってしまうに違いない。

真由香はリビングルームのソファに身を投げ出した。

ため息が出た。

トイレに行くふりをして、せっかく弟と二人きりになったのに――胸を揉んでもらうチャンスだったのに、言い出せなかった。

やっぱり、恥《は》ずかしかった。

後ろめたさもあった。

弟には、本当のことは話していない。現実に起こったことも、夢だと勘違いさせている。

それなのに、さらにお願いをしようとしているのだ。

最も頼《たの》みづらいお願いを。

初めて好きな人が家に来たということで、弟は気もそぞろに違いない。静姫のことで頭はいっぱいだろう。

そんなときに、胸をさわってなんて言っても、姉ちゃんどうかしたの？　と言われるのがオチだ。きっとまともには受けとめてもらえないに違いない。

弟には、なんて切り出せばいいのだろう。

あと十五時間しかないのに――自分がおばあさんみたいになるまで、一日もないのに。明日の十二時の鐘《かね》が鳴り終わったら、すべては終わりなのだ。老婆みたいになった自分を見れば、弟も驚《おどろ》くに違いない。もう『お姉ちゃん』と呼んでくれないかもしれない。

真由香は顔を覆《おお》った。

明日は休日だ。弟が一日中自宅にいる保証はない。魔術《まじゅつ》で動けなくして、無理矢理《むりやり》のしかかって胸をさわらせるしかないのだろうか。

でも、それでは魔厄は逃れられても家族が壊《こわ》れてしまう。宗人は、もう自分をお姉ちゃんと呼んでくれないかもしれない。

宗人から初めて『お姉ちゃん』と呼んでもらえたとき、わたしはあなたのお姉ちゃんじゃないわよと思ったけど、うれしかったのだ。

《おまえン家の姉ちゃん、血つながってないんだろ》

《姉ちゃんは姉ちゃんだ！》

小学生の頃、友達にからかわれて飛《と》び掛《か》かっていく弟を偶然目撃《ぐうぜんもくげき》したとき、どれほどうれしかったことか。

自分はお姉ちゃんなんだ。

宗人のお姉ちゃんなんだ。

そして、宗人は自分の弟なんだ――。

その弟を、失いたくない。ずっとお姉ちゃんと呼ばれたい。でも、無理矢理胸をさわらせてしまうと、二度と呼んでくれないかもしれない。

いったい、どうすればいいのだろう。子供の頃みたいに、裸《はだか》に近くて二人きりの時間がつくれれば……。

真由香ははっとして立ち上がった。

それだ。

それしかない。

真由香は一目散に二階に駆け上《あ》がった。その後ろ姿を、静姫の目が追っていた。

5

宗人は一人でお風呂《ふろ》に入っていた。

知っている浴槽《よくそう》に、知っている壁《かべ》。どこも昨日と変わりはない。けれども、恐らく今の時間も、この家には静姫がいる。大好きな先輩がいるのだ。

どうやら、静姫は本気で泊まっていきそうだ。

どうしようと思う。

もちろん、別々の部屋に寝ることになるのだろうが、ひとつ屋根の下に好きな先輩と過ごすことになるのだ。

もう間違《まちが》いなかった。

嫌《きら》いな男の子の家に泊まるはずがない。

手伝いをさせたのは、きっと恥ずかしかったからなのだ。本当は、静姫先輩は自分のことが好きなのだ。きっと待っているのだ。

思い切って告白するなら、今日しかない。

もしかしたら、静姫先輩の方から告白してくれるかもしれないが――。

浴室のドアが開いていた。

ぎょっとした。

「流奈？」

言った直後、静姫先輩の姿が浮《う》かんだ。ありえない話ではない。

さらにドアが開いて足が忍《しの》び入ってきた。

宗人はあんぐりと口を開いた。

入ってきたのは予想外の相手——姉の真由香だった。

お風呂に入ってくるなんて、何年ぶりだろう。姉がすっかり大人っぽい身体になってから、その裸を間近で見ていない。

その姉が、赤い三角ビキニを身に着けて姿を現していた。胸の面積よりも小さなビキニだ。おかげでたわわすぎる胸のふくらみが、三角ビキニからはみ出している。

エッチなビキニだった。思わぬ刺激的《しげきてき》な姿に、宗人は口を開け、つづいて唾《つば》を飲んだ。

「ね、姉ちゃん……⁉」

「た、たまには、い、いっしょに入ろうかなと思って……」

恥ずかしそうに耳まで紅《あか》くしながら真由香が言った。宗人も慌《あわ》てて横を向いた。

(な、なんで姉ちゃんが……⁉)

(そうだ、入浴剤《にゅうよくざい》……)

慌てて探してみるが、肝心《かんじん》なときに限って切れている。

姉が浴槽に近づいた。

宗人は両足を近づけて股間《こかん》を隠《かく》した。

（な、なんで姉ちゃんがいきなり……）

（こんなところ、静姫先輩に見つかったら……）

姉がバスタブに入ってきた。

広い浴槽に向かい合って腰《こし》を下ろす。ビキニの胸がお湯の中で少し浮き上がった。

（やばいよ……やばすぎるよ……）

（こんなところを目撃《もくげき》されたら……）

そう思うのだけれど、ついつい視線は姉に向かってしまう。

こんな大胆《だいたん》な姉の姿は見たことがない。

静姫よりちょっと胸は小さいといっても、サイズはGカップ。立派に爆乳だ。グラビアアイドルにでもなれそうなスタイルをしているのだ。

こっそり窺《うかが》うと、太腿《ふともも》を押《お》しつけられて、胸のふくらみがむっちりとたわんでいた。胸のかたまりが左右に広がって、胴体《どうたい》からはみ出している。それでもなお、赤いビキニが高く突《つ》き出《だ》している。

（凄《すご》いオッパイ……）

思わず身体が熱くなった。

視線を上げると、姉は緊張《きんちょう》した顔をしていた。

「む、宗人……」

「な、何年ぶりぐらいかな」

「十年かな」

「そんなに前から会ってないじゃん」

二人、黙《だま》った。

久しぶりの混浴は、妙《みょう》に気恥《きは》ずかしい。

姉を異性として過剰《かじょう》に意識してしまう。日常でも、姉の胸は気になっているのだ。ビキニで覆い隠されているとはいえ、こんなエッチなかっこうでこんな近距離《きんきょり》に来られたら、どうしてもその巨乳に反応してしまう。

昨日押しつけられた姉の巨乳の感触《かんしょく》が蘇《よみがえ》った。

（さわりたい……）

（馬鹿《ばか》！　家には静姫先輩がいるのに……）

宗人が密《ひそ》かに葛藤《かっとう》していると、姉が口を開いた。

「きょ、今日は疲《つか》れたでしょ」

「べ、別に」

「そ、そう……」

また二人とも沈黙した。

姉の耳が紅い。

明らかにお湯のせいではない。あの高飛車な姉が、緊張して照れている。

「お風呂……いっしょに入るの……いや？」

「そ、そんなことないけど」

「そ、そう……」

二人はまた黙った。

姉は口を開いてつぐみ、また口を開いてつぐんだ。

何かを言い出そうとして懸命《けんめい》になっている。

「あ、あのね……お、お姉ちゃんね、胸の形が変みたいなの……」

「え？」

「と、友達がそう言ってたの……だから、その……」

言って真由香は顔を横向け、さらに赤面した。

「た、確かめてもらおうかなって……」

「確かめるって？」

「だから……その……宗人の……手で……」

宗人は目を疑った。

確かめるだって？

姉はそう言ったのか？

自分の手で⁉

（手で確かめるって……それって……まさか……さわれってこと……？）

アンビリーバブル！

ありえなかった。

確かにブラジャーのホックを留めさせられることはあったけれど、胸をさわらせてもらったことは一度もなかった。第一、そんなことを許す姉ではない。

その姉が、胸をさわってと誘《さそ》っているのだ。

「いやなら……いいんだけど……」

「べ、別にいやじゃ……ないけど……」

言って宗人はしまったと思った。

（家には静姫先輩がいるんじゃないか！）

気づいたが、もう遅い。

それに、せっかく姉がさわってもいいと言っているのだ。こんな機会、もう二度とないかもしれない。

「た……確かめないの？」

「見て……いいの？」

「は、恥ずかしいから絶対見ちゃだめ」

形がおかしいから確かめてと言っているのに、どうして見ちゃだめなんだろうと宗人は思った。妙な理屈《りくつ》である。

「は、早く……確かめて……」

とぎれとぎれに姉がささやいた。

喉《のど》がからからで、うまく言葉を言えないようだ。でも、喉がからからなのは、宗人も同じだった。唾を飲もうにも、その唾すらうまく出てこない。

「本当にいいの……？」

聞いてみた。

「う、うん……」

宗人はようやく唾を飲んだ。

手で確かめるって、どうすればいいのだろうか。

指で触《ふ》れる？

手のひら全体で触れる？

そんなのでいいのだろうか？

さすがにエッチなさわり方なら、姉は怒《おこ》るに違《ちが》いない。

「じゃ……じゃあ……さわっちゃうよ」

「う、うん……」

真由香は胸を隠していた太腿を離《はな》して、正座に近い形ですわり直した。胸をさえぎる邪《じゃ》魔《ま》者《もの》はなくなった。そのおかげでビキニに包まれた巨乳がお湯から姿を現した。

水滴《すいてき》が美しい肌《はだ》の上にいくつもついていた。肝心の部分は赤いビキニに覆われているが、胸のふくらみは圧倒的《あっとうてき》だ。ロケットみたいにズドンと突き出している。緊張のせいか、先《せん》端《たん》が少しぽっちりと浮かんでいる。

（ほ、ほんとにいいのかな……）

ためらいながら、宗人は腕《うで》を伸《の》ばした。

心臓がもう破裂《はれつ》しそうだ。

静姫先輩《せんぱい》のとき以上にドキドキする。いけないことをしているという気分に、頭の血管も脈打っている。

宗人はゆっくりと手のひらを乳房《ちぶさ》に当てた。

「あ……」

かすかに姉が声をもらした。

さらに小さなビキニの上からふくらみを包《つつ》み込むと、パツンパツンの弾力《だんりょく》が手のひらに込み上げてきた。すべすべの肌が手のひらに吸いつく。

（ふぁぁっ……！）

（姉ちゃんのオッパイ……気持ちいい……おっきい……）

パチパチの弾力とすべすべの肌が、手のひら全体に猛烈《もうれつ》なスピードで広がっていく。手がふわふわでとろけそうだ。

心臓がバクバク鳴って、口から飛び出てきそうだった。初めてお姉ちゃんの胸に触れたのだ。

姉の乳房は、あまりに大きく、心地《ここち》よかった。静姫の爆乳もものの凄くボリュームがあって気持ちよかったけれど、姉の巨乳はもっと反発力があって瑞々《みずみず》しい。

「も、もっと……ちゃんと確かめて……」

真由香がとぎれとぎれにささやいた。

揉《も》みしだいてもいいのだろうか？

宗人はドキドキしながらさらに手に力を込めた。

 指がゆっくりと胸のふくらみにめり込んだ。形のいいバストを指が搾《しぼ》っていく。それにつれて、やんわりと乳房がたわんでいく。

めり込むにつれてぱちぱちっと若々しい弾力が弾《はじ》け、強く心地よく手のひらを押し返《かえ》した。と同時にとろけそうなやわらかさが指を包み込んでいた。

「あん……」

思わず姉が甘《あま》い声を放った。

（ね、姉ちゃんのオッパイ……）

興奮が一気に高揚した。

ドキドキして、もう気絶しそうなくらいだ。

「もっと何度も確かめて……」

さらに、ビキニの上からGカップのふくらみを揉みしだいた。

「あん、馬鹿……やさしく……あん……」

姉が甘い声をあげて、ピクンピクンと上体をふるわせた。

（ね、姉ちゃん……！）

宗人はふいに真由香に抱《だ》きつこうと手を広げた。そのとき――。

「失礼します」

浴室のドアが開いて二人めの客が入ってきていた。

宗人と真由香は、同時にわっと声をあげて離れていた。勢いよく後退しすぎて、宗人は浴槽に身体をぶつけた。

だが、ずるっとすべり込むのはまだ早かった。

タオル一枚で身を隠した静姫が、姿を現していたのだ。タオルで覆われていない部分からは、大人っぽい上級生の肌が輝《かがや》いている。

宗人は目を疑った。

まさか……静姫先輩が大胆にお風呂にまで訪《おとず》れようとは……！　それも姉ちゃんがいるときに……！

（ど、どうしよう……！）

（どう言い訳を言おう……）

（姉ちゃんが勝手に入ってきてっ……って言っても、信じてくれるかな）

もう嫌われてしまうかもしれない。お姉さんとそんな関係でしたのね、と言ってぷいとそっぽを向かれてしまうかもしれない。

だが、静姫の反応はまったく違っていた。

「まあ……お先でしたの」

「きょ、姉弟《きょうだい》水入らずなんだから、邪魔《じゃま》しないでよ」

真由香が先制攻撃をかける。

(あれ？　別に怒ってない？)

「でも、二人より三人の方が楽しいでしょ？」

怯《ひる》まず、静姫は浴槽に近づいた。慌てたのは、宗人より真由香の方である。

「ちょ、ちょっと入る気？」

「十五時間」

ふいに静姫がつぶやいた。

真由香がびくっとふるえた。

「入っても……いいですか？」

静姫が宗人に尋《たず》ねた。

「え……はい」

思わずうんと言ってしまった。

「じゃあ」

静姫は胸を隠したまま、浴槽に入ってきた。宗人の真後ろに陣取《じんど》る。

（ど、どうしよう……）

宗人は思い切り緊張した。

目の前にはエッチなビキニを身に着けた姉の裸。

後ろには、タオル一枚で大事なところを隠した大好きな先輩《せんぱい》の裸。前門の虎《とら》、後門の狼《おおかみ》ならぬ、前門の姉、後門の静姫先輩だ。

「はあ、いいお湯」

静姫は呑気《のんき》に首元を拭《ぬぐ》った。

ちゃぷっと音がすると、さらに心臓がドキドキしてしまう。

「肩幅《かたはば》、広いんですね」

静姫が身体を近づけてきた。

「弟に近づかないでよ」

真由香が牽制球《けんせいきゅう》を投げる。それをすぐ静姫は返した。

「弟さんと何をしていたんですか」

「な、何って」

「もしかして、こういうことですか？」

静姫がふいに宗人に身体を押しつけてきた。やわらかなふくらみが双《ふた》つ、宗人の背中に広がってやんわりとつぶれる。

（ふぁぁっ……し、静姫先輩のオッパイが……！）

宗人の興奮はマックスに近づいた。

「何か、当たってます？」

静姫がやさしくささやく。

当たっているどころではない。あのスクール水着を押し上げていた爆乳が思い切り背中に密着して、豊かな弾力を弾《はず》ませているのだ。

「ちょっと！　何してるのよ！」

「お風呂が狭《せま》いですから」

「だったら出て行けば？」

「これくらいがちょうどいいです」

宗人を挟《はさ》んで二人の美女は睨《にら》み合《あ》った。事情を知らない宗人はわけがわからない。気持ちいいやら、とまどうやら。いったい、姉と静姫はどんな関係なのだろう？

「さわっても……いいですよ……」

静姫が宗人の耳元にささやいた。

乳房を覆《おお》っていたタオルを、ゆっくりと外した。すべすべの乳肌がぴったりと宗人の背中に触れ、密着した。静姫は、さらに生乳を押しつけた。

やわらかな豊球が、宗人の背中でむちっ、むちっと心地よくたわんだ。エッチな先端まで直接宗人の肌にこりこりと触れる。

（うわぁっ……あぁぁぁっ……！）

宗人のあごが上がった。

もう我慢《がまん》の限界だった。欲望がどんどん暴走していく。

真由香がきっと静姫を睨みつけた。

「宗人！」

言うが早いか、宗人に背中を向けた。

「さっきのつづき、して！」

そう叫《さけ》ぶと、大胆にも背中を押しつけてきたのだ。

（わっ、姉ちゃんの身体が……！）

姉の身体はやわらかかった。宗人とは違うピチピチの感触が胴体に触れる。しかも、真由香は宗人の手をつかんできた。

導く先は赤いビキニにつつまれた姉の乳房。ふくよかなかたまりが宗人の手にぴたりと触れる。

「好きにしていいですよ」

静姫も後ろからIカップの爆乳を押しつけてきた。負けじと宗人の片手をつかんで後ろに引き寄せる。

(う、うわぁぁっ……!)

(ど、ど、ど、どうすれば……!)

姉か、静姫か。

究極の選択《せんたく》と快感に卒倒《そっとう》しそうになったそのとき、派手な音とともに浴室のドアが開いていた。

ツンと張った発育途中《とちゅう》の大きなふくらみ——妹の流奈だった。

「あ〜〜っ! みんなお兄ちゃんと入ってるぅ!」

流奈が大声をあげた。

「ずるいずるいずるい〜っ! 流奈もいっしょに入るぅ!」

宗人は冷蔵庫から牛乳を引き出して一気飲みした。

三人と長い間お風呂《ふろ》に入っていたので、かなりのぼせてしまったのだ。姉と静姫も同じだったみたいで、さきほど流奈からビタミンCドリンクをもらっていた。

なんだか、凄い夜だった。

手料理をつくってもらったことがかわいく思えてくる。姉と静姫先輩といっしょにお風呂なんて、ありえない。

身体の中を冷やしてお客さん用の和室の前を通りかかると、布団《ふとん》が敷《し》いてあった。

「お世話になります」

ぺこりと静姫がお辞儀《じぎ》をした。

シルクでできたつやつやのパジャマが胸元《むなもと》を覆っていた。ゆるやかな衣装だが、それでも胸のふくらみがはっきりとわかる。

(か、かわいい……)

思わず萌《も》えてしまった。

好きな人は、何を着てもかわいいものだ。

「今晩、泊《と》めていただくことになりました」

「ずうずうしいんだから」

ぼそっとつぶやいたのは、いつの間にか背後に現れていた白いガウン姿の姉だった。襟元からこぼれそうな胸がおいしそうだ。だが、表情の方は冴《さ》えない。つまらなそうな顔をしている。

「あの……家の人は心配しないんですか？」

「はい。今晩はお泊まりしてきますと言ってありますから」

言って、にこっと微笑《ほほえ》んだ。

真由香にとっては脅威《きょうい》の微笑みである。宣戦布告に等しい。弟さんの手はいただきますからと言っているように聞こえてしまう。

だが、何も知らない宗人には、恋情《れんじょう》をそそる微笑みだ。

（し、静姫先輩、やっぱりきれい……）

ぽっとしてしまった。

いったい、自分はどれだけ幸運なのだろうか。

静姫に恋《こい》して、いろんなことを夢想しなかったわけではない。だが、現実が空想を追《お》い越《こ》していた。初めて口を利《き》いた当日に胸をさわり、その翌日に彼女《かのじょ》が家まで遊びに来て、いっしょにお風呂に入って、そして泊まろうとしている。

「早く寝《ね》れば」

真由香が宗人を睨んでいた。

警戒心《けいかいしん》ばりばりである。静姫とはあまり仲はよくないようだ。なのに、なぜ泊めるのだろうか?

「早く」

姉に急《せ》かされて、

「じゃ、じゃあ……おやすみなさい」

宗人は静姫に頭を下げた。

「おやすみなさい」

やさしい微笑みにぼうっとしながら、階段を上がった。まるで雲の階段を上がっているようだ。足の裏の感触《かんしょく》がない。

ベッドに入っても、まだ気分はふわふわしていた。興奮してとても眠《ねむ》れそうにない。

(今日は静姫先輩がいるんだ……先輩が泊まっていくんだ……)

そう思うだけで、胸の中がピンク色に染まっていく。ふわふわして、幸せな気分に満たされてしまう。

ますます静姫先輩のことが好きになってしまう。

会いたい。

好きですと言いたい。

言って抱き締《し》めたい。

そしてあのオッパイも——。

宗人は首を振《ふ》った。

（おれは純粋《じゅんすい》に静姫先輩が好きなんだ！　エッチがなくたって……）

そうは思っても、目を閉じれば、微笑んだ静姫の笑顔《えがお》が、そしてお風呂場《ふろば》の肢体《したい》が脳裏《のうり》に浮《う》かんでしまう。背中に押《お》しつけられたふくらみの感触が蘇《よみがえ》ってしまう。

江戸《えど》時代、恋といえばセックスも含《ふく》んでいたそうだ。プラトニックラブは存在しなかったらしいが、静姫のことを思うとき、そのことを実感してしまう。まさに、欲望と恋情とともにありだ。

（静姫先輩、来るのかな）

宗人はありえないことを夢想した。

自分が行くのはためらわれる。家なき子にもなりたくないが、ただのエロい子にもなりたくない。

（あ。でも、トイレのついでに……）

行こうと思えば行けるのか。

悪い閃《ひらめ》きをしたところで、ケータイが鳴った。
新着メールだった。
相手は――。
(静姫先輩だ!)
ベッドの中で跳《と》び上《あ》がった。心臓をバクバクさせながらメールを開く。
《起きてますか?》
もちろん、起きているに決まっている。夢中で宗人は返信した。
《起きてます》
《三十分したら、来てください》
恋情がきゅんと切なく燃え上がった。
静姫先輩が……誘《さそ》っている!
来て何をするというのか?
キス?
それとも、もっとそれ以上……!?
先輩だったら、誘ってしまうかもしれない。さっきはお風呂にまで入ってきたのだ。
(静姫先輩……!)

宗人はケータイを胸に抱き締めた。
早く先輩に会いたい。先輩を抱き締めたい。
ベッドで悶《もだ》えていると、隣《となり》の部屋でドアの閉まる音がした。
姉が寝たらしい。
好都合だった。これで邪魔するものはない。
（絶対寝ないぞ！）
宗人は堅《かた》く心に誓《ちか》った。
何があっても寝てはならない。あと三十分、三十分したら一階に下りていくのだ。
（早く三十分経《た》って！）
宗人は切に願った。

7

静姫は、今か今かと待ちわびていた。
すでに残り時間は十三時間を切っている。眠ってしまえば、残り時間は一気に一桁《けた》台に突入《とつにゅう》する。

だが、胸の奥《おく》はワクワクしていた。

豊條の姉にすべてを打ち明けたおかげで、吹《ふ》っ切《き》れたのだろう。やっとこの時が来たのだという気がする。

思い切って豊條家に押しかけてよかったと思った。幸い、豊條の妹も快く迎《むか》えてくれたし、宗人もうれしそうにしている。

心配なのは真由香のことだけだった。まるで自分の彼氏《かれし》だと言わんばかりに、奪《うば》われるのを防ごうとしている。それに対抗《たいこう》しようとして自分も意地悪になったり大胆《だいたん》になったりしてしまったけれど、宗人があきれた様子はない。

メールにもすばやく返信してくれた。

今度こそ告白しよう、それからあれをお願いしようと静姫は思った。

好きという一言は、やっぱり自分の口で伝えたい。メールとか手紙じゃなく、自分の唇《くちびる》で伝えたい。

そのあと、どうなるかはわからない。でも、ひとつの布団に年頃《としごろ》の男女がいっしょになれば、進む方向は決まっている。どこまで進むのかはわからないけれど、かまわないと静姫は思った。相手は好きな人なのだ。きっと魔厄は、踏《ふ》み出《だ》さなかった自分に大きく一歩を踏み出せと言っているのだ。

自分が若さとプロポーションを失ってしまったら、宗人は付き合ってくれないに違《ちが》いない。老婆《ろうば》が彼女なんて、絶対いやだろう。

ふいに人の気配がした。

少し早いが、もう来てくれたらしい。

（宗人くん……）

静姫は宗人が入りやすいように少し布団の端《はし》に寄った。

人影《ひとかげ》が布団に近づき、掛《か》け布団《ぶとん》をめくった。

足が侵入《しんにゅう》してきた。

（夜這《よば》い……）

思いついた言葉に、思わず赤面する。

もしこのまま、押し倒されてしまったらどうしようか？　静姫先輩《せんぱい》の全部がほしいんですと言われたら、どうしようか？

胸がドキドキしてしまう。

口を利いたのは昨日が初めて。正直はしたない女と思われてしまうかもしれないけれど、もう覚悟《かくご》はできている。

（宗人くんだったら、どこまでも、何をされても……いい……）

完全に人影が布団に入った。

とうとう、愛《いと》しい人と同じ布団に入ってしまった。古い言葉で同衾《どうきん》というそうだ。セックスという意味でもある。

「宗人くん……」

初めて名前で呼んで、背中に身体を押しつけた。

あれ？　と思った。男にしては妙《みょう》にやわらかい身体だった。

（宗人……くん？）

くるりと人影が振り向《む》いた。

「やっぱり約束してたのね」

凍《こお》りついた。

弟——ではなく、その姉君だった。魔女《まじょ》・真由香である。

「な、何をしに来たのです」

「監視《かんし》に決まってんでしょ。抜《ぬ》け駆《が》けしようなんて、許さないんだから」

「共倒《ともだお》れしていいんですか？」

「悪い虫から守りたいだけ」

「その虫、違うんじゃないですか？」

暗闇《くらやみ》の中で二人の美女は睨み合った。ともにおたがいにいいところを邪魔されていまだに十三モミンを得ていない。魔厄の危機はともに去らずである。

静姫はふいに微笑んだ。

「共同戦線を張りません？」

「お断りよ」

「必要なのは十三モミン。お互《たが》い同時に得ませんか？」

「協力しない。弟は渡《わた》さないから」

「しっ」

人影が部屋の引き戸を開いていた。

宗人だ。

少しタイミングが遅《おそ》かったらしい。何も知らずに布団に近づいてくる。

「真ん中にいらして」

静姫はささやいた。

何か言おうとする真由香を制する。

宗人が枕元《まくらもと》に腰《こし》を下ろした。足を伸《の》ばして布団に入ってくる。

「わっ！」

宗人が声をあげた。

「な、何?」

「宗人〜っ♪」

右から真由香が抱《だ》きついた。

「宗人くん♡」

左から静姫が抱きついた。

「わっ、わっ、わっ!」

宗人は慌《あわ》てた。

静姫しかいないと思っていたのに、姉までいっしょにいたのだから無理もない。

「な、なんで、姉ちゃん——」

「来ると思って——」

「どっちが大きいと思いますか?」

静姫がぎゅっと乳房《ちぶさ》を押しつけていた。ビクンと宗人の身体がふるえる。

「確かめてみませんか……?」

静姫が耳元にささやいた。

また、ぴくりと宗人がふるえた。

真由香の動きも止まっていた。まさか、その手で来るとは思ってもみなかったのだろう。

「二人同時にさわってもいいですよ。どっちが大きいか、答えて」

やさしく言いながら、身体を押しつけて爆乳を弾ませていく。

「さわんなくたってわかるわよ。お姉ちゃんよね」

真由香がぎゅっと豊球を押しつけ、盛大に弾ませる。

「さわらないとわからないですよね」

静姫も負けじと弾力の爆弾をこすりつける。

「ふぁぁっ……！」

「宗人、答えて！」

「どっちですか？」

「ど、どっちって言われても……」

「ほら、やっぱりさわらないとわからない」

「宗人は上品だから、遠慮《えんりょ》して本当のことを言わないのよ」

「わたし、Ｉカップです」

静姫が突然《とつぜん》暴走した。

宗人の身体が、一瞬《いっしゅん》ぴくっと動いた。

「豊條さんは？」

「む、胸はカップサイズじゃないわよ」

「わたし、一メートルあるんです」

宗人の身体がさらにふるえた。

真由香の完敗だった。サイズだけで言うなら、明らかに真由香の方が小さい。

「宗人くん……」

静姫は宗人の手をつかんだ。

真由香も宗人の手をつかんだ。

ともに同時に胸に押し当《あ》てた。

「さわって確かめて」

「確かめてください」

二人同時にほぼ同じことを言い合った。

宗人はもう興奮状態だった。

二人が待《ま》ち伏《ぶ》せしていたことには驚《おどろ》いたけれども、両手には二人の美人の巨乳と爆乳。

ともに若々しく、ともにピチピチのかたまりがあふれんばかりのボリュームと弾力《だんりょく》を漲《みなぎ》らせているのだ。

こんな僥倖《ぎょうこう》はない。

「どっちですか？」

「どっち？」

二人がさらに胸を押しつけて尋《たず》ねてくる。

（うわぁ……二人とも、凄《すご》い胸が弾《はず》む……）

（気持ちいいよ……）

あまりの快感に、どちらが大きいのか冷静に判断できない。

「ど、どっちか……」

「もっとさわって確かめて」

「もっと確かめてください」

二人に言われて、宗人の手が動いた。真由香の巨乳と静姫の爆乳を、同時に揉《も》みしだいたのだ。

「あん！」

「ふぁん！」

二人同時に甘《あま》い吐息《といき》を放った。

「わかりました？」

「わかった？」

「わ……わかんない……」

「じゃあ、もっと」

「もっと確かめてください」

さらに二度、三度、くり返し手の中のふくらみを握《にぎ》り締めた。両手の中で、もの凄いボリュームのふくらみが弾《はじ》け、瑞々《みずみず》しい弾力を漲らせていく。

「あん」

「あぁん」

二人は熱い吐息を耳元にかけながら、ふるえる身体を押しつけてくる。

（も、もう、たまんない……！）

宗人は爆発《ばくはつ》しそうになった。

片手だけでさわるなんて、とても我慢《がまん》できない。

でも、そこで狼《おおかみ》になってはいけない。女の子を傷つけちゃいけない。女の子に狼となって襲《おそ》いかかってはいけない。

でも、でも、でも……。

（だめぇ！　おれ、狼になるぅっ！）

　理性がぶち壊《こわ》れそうになったそのとき――またしても和室の引き戸が大きく開いて闖入《ちんにゅう》者《しゃ》が姿を現していた。

「あ～～っ！　やっぱりお姉ちゃんたちいっしょに寝てる～っ！」

　水玉模様のかわいいパジャマに身を包《つつ》んだ妹、流奈だった。

「流奈もいっしょに寝るぅっ！」

　言うなり、宗人と真由香の間に割って入った。あっと言う間にすべり込む。

「ちょっと流奈！」

「お兄ちゃん、いっしょに寝よ♡」

　定位置を占《し》めて、流奈はすっかり宗人を独占《どくせん》気分だ。

　せっかくの好機を邪魔《じゃま》された真由香は、一瞬妹を叩《たた》いてやろうかと思った。自分は今、人生で一番大切な時なのだ。あと十数時間で自分は若さも肉体も失ってしまうのだ。

　けれども、『どいてよ』とは言い出せなかった。

「お兄ちゃんの身体、あったかい」

　流奈がうれしそうに宗人の胸に顔をうずめた。真由香は気づかれないようにため息をついた。

最初のお父さんが亡《な》くなったときに、一番泣いていたのは流奈なのだ。

(明日、どうしよう)

真由香は思った。

目が覚めれば、刻限まで数時間。それまでに弟に胸を揉んでもらわなければならない。

でも、静姫がいる。

二人きりにならなければならない。

今日のお風呂《ふろ》が一番のチャンスだったのに、それも失ってしまった。

他に宗人と二人きりになれるところといえば——。

答えは暗闇と同じで見えなかった。

第六章　十二時の鐘《かね》が鳴る前に

1

午前五時五十五分五十五秒——。

豊條家《ほうじょうけ》に双《ふた》つの悲鳴が響《ひび》きわたった。叫《さけ》んだのは二人の美女、静姫《しずき》と真由香《まゆか》だった。

二人ともに、胸を覆《おお》って青ざめていた。

豊かだった胸のふくらみが、ぺったんこになっていた。

同時に回復魔法《まほう》をかけた。

一回。

直らない。

二回。

やっと元に戻《もど》った。ほっとした二人の目前に真っ黒の葉書《はがき》が舞《ま》った。文字を見た二人は凍結《とうけつ》していた。

《正午十二時の鐘が鳴り終わるまで、あと六時間四分五秒――》
《片手では一モミンとはカウントしない》

2

静姫は正直、焦《あせ》っていた。

迂闊《うかつ》だった。

起きていれば、いずれ流奈《るな》も真由香も眠《ねむ》るに決まっている。それから宗人《むねと》を起こして二人でこっそり……と企《たくら》んでいたのだが、いつの間にか眠ってしまっていたのだ。

きっと、流奈から手渡《てわた》されたビタミンCドリンクに睡眠薬《すいみんやく》が入っていたに違いない。恐《おそ》るべき妹である。敵は姉ではなく、妹だったのだ。

だが、いまさら気がついても遅い。刻限まであと四時間を切っているのだ。それまでに十三回、宗人に両手で胸を揉んでもらわなければ、自分は老婆になってしまう。

しかし、この家にいる限りは、あの妹がいる。その姉もいる。宗人の家に行けば目的を達成しやすくなるのではないかと思っていたが、違ったようだ。

二人のいないところに行くしかない。

だが、どこへ？

大人ではあるまいし、ラブホテルに入れるわけがない。かといって、こっそり学校に行くというのもムードがない。

順当に考えれば、一番は自宅だ。

だが、自宅にはうるさい執事《しつじ》がいる。もし男友達を呼ぶといえば、ずっと応接室で会話するようにと言うだろう。昨日のお泊《と》まりは、同級生の女子だからということで例外的に許可してもらったのだ。

（こんな形で始まりたくなかったな……）

静姫は思った。

好きな人には、ちゃんと告白して、それからデートして、そしてエッチな関係になりたかった。

なのに。

順番がまるで逆になってしまっている。そればかりか、自分のブラックな一面ばかり見せつけられている。

（こうなる前にデートしたかった……）

ため息をついて、はっとした。

そうだ。

その手があったではないか。

そもそも、この問題の根本はすべてを乗《の》り越《こ》えていきなり到達《とうたつ》しようとしてしまったところにあるとは考えられないか？

急がば回れ。

今からでも遅くない。順番通りに始めよう。

そのためにはまずこの場を去ることだ。あきらめたと思わせて真由香を油断させよう。念のために、あの手袋《てぶくろ》も持っていこう。

決断すると、静姫は黒服のケータイを鳴らした。

「あ、わたしです。乳井《にゅうい》って子のメールアドレス、調べてほしいんです」

3

朝食もとらずに帰ると言い出した静姫に、宗人はショックを隠《かく》せなかった。

食事ぐらい……と言っても、静姫は聴《き》かなかった。

何がいけなかったのだろう。

自分のことを嫌《きら》いになったのだろうか。

姉のせい？

いや。

他人のせいにしてはいけない。

恋愛《れんあい》がうまくいかないのは、九十九パーセント自分のせいだ。昨日いっしょにお風呂まで入っていっしょの布団《ふとん》で寝《ね》たのに、何もしなかったから、思い切った行動をとらなかったから、彼女《かのじょ》の方があきらめてしまったのだ。

それか、自分が姉に翻弄《ほんろう》されて決断できなかったから、愛想《あいそ》を尽《つ》かしてしまったのかもしれない。

所詮《しょせん》、美女と凡人《ぼんじん》——釣《つ》り合《あ》わない関係だったのだ。

「どうもありがとうございました」

ぺこりとお辞儀《じぎ》をしてマイバッハ62に乗り込む静姫の姿を、宗人は呆然《ぼうぜん》と見送った。

身体中の気が抜け落《お》ちてしまったみたいだった。

自分の好きな静姫先輩《せんぱい》は、永遠に行ってしまった。

もう二度とこの家に来ることはないだろう。自分にも、二度と声をかけてくれないかもしれない。

甘いお祭りの日々は終わった。

幸運の女神《めがみ》は彼女とともに走り去ってしまった。

永遠のジ・エンドだ。

(おれ……やっぱり失敗したかも)

宗人は朝食もつくらず、あからさまに肩《かた》を落として部屋に引っ込んだ。

(短い夢だったな……)

そう思うと、はらはらと涙《なみだ》がこぼれ落ちそうになる。

男の子は泣いちゃいけないと今は亡《な》き最初の母親に教えられたが、子供の頃《ころ》の涙と大人の涙は違《ちが》う。子供は痛いから泣くが、大人は本気だから泣くのだ。

(先輩に、好きって言えなかった……)

涙がにじんだ。

なんて自分は意気地《いくじ》なしなんだろう。

姉と静姫に迫《せま》られてあたふたしているだけで、何も言えなかった。何もできなかった。

静姫先輩は、きっと待っていたに違いない。

自分の一言を。

何も思っていない男のところにいきなり押《お》しかけるものか。

なのに。

なぜわからなかったのだ。

なぜ行動しなかったのだ。

（おれって馬鹿《ばか》だ……）

宗人は腕《うで》で顔を覆った。

自分は自分で恋《こい》のチャンスを失ったのだ。相手がさんざんアプローチしていたにもかかわらず、姉にも迫られていい気になって、そして一番大切な人の心を失ったのだ。

（静姫先輩……）

ぐすっと洟《はな》をすすった。

軽快な音が枕元で鳴っていた。乳井からのメールだ。相変わらず空気を読まない男である。

（うるさいな）

宗人は無視した。

だが、しつこく二度も三度もメールが送られてくる。

（なんだよ、もう！）

宗人はメールを開いた。
《おれン家遊びに来ねえ？》
誰《だれ》が。
そんな気分になれるか。
毒づいたとたん、違う文字が飛び込んできた。
《って誘《さそ》ってくれないかって、清条院《せいじょういん》先輩に言われたんだけど》
思わず飛び起きた。
両手でケータイを握って文面を見る。
慌てて電話をした。
出たのは、乳井だった。

4

真由香はバターを塗《ぬ》ったパンを置くと、ため息をついた。
いつもそこにいるはずの弟の姿は、ない。流奈も、宗人のいない朝食はつまらないのか、すぐ部屋に引き上げてしまった。

凄く後味の悪い気分だった。

弟は、静姫が好きだった。

そして、静姫も、弟のことが好きだった。

なのに、自分ときたら自分が先に胸をさわってもらうために、結果的に弟の恋路《こいじ》の邪魔をしてしまった。弟にとっては夢のような一日だったのに、決して二人きりにさせず、二人の進展を阻《はば》んでしまった。

もちろん、向こうだって邪魔をしたのだけれど、静姫がマイバッハとともに走り去ったあとのがっくりした弟の姿を見ると、悪いことをしたという気がして仕方がない。自分が凄く低い人格の持ち主で、ただのいやな女のような気がしてたまらない。

弟は二階の部屋に閉じこもったきり、うんともすんとも言わなかった。朝食もつくりに来なかったし、食べに来なかったぐらいだから、よっぽどショックだったのだろう。

無理もない。

弟は、本気で静姫のことが好きだったのだから。

これでは、慰《なぐさ》めに行って身体を押しつけても、そんな気分じゃないと突《つ》っぱねられてしまうだろう。自分の胸にも興味を示さないだろうし、胸をさわる気にもなってくれないだろう。相手の首を絞《し》めるつもりが、自分の首も絞めてしまったようだ。

（自業自得《じごうじとく》か……）

応援《おうえん》してあげればよかったと真由香は思った。

どうして、あの二人に時間をあげなかったのだろう。どうしてあの二人を仲良くさせてやらなかったのだろう。

依怙地《いこじ》にならないで、素直《すなお》に静姫の願いを叶《かな》えさせてあげればよかった。それから自分が胸をさわってもらえばよかった。

でも——できなかったのだ。

静姫にほの字の弟を見ると、無性《むしょう》に反抗《はんこう》したくなってしまうのだ。弟をとられたくない、自分のものにしておきたいという気持ちが強くなってしまうのだ。

それに。

もし弟が静姫と恋愛成就《れんあいじょうじゅ》したら、静姫に悪いからと絶対胸などさわってくれないに決まっている。

（どうしたらいいんだろう……）

（どうやったら、胸をさわる気分になってくれるかな……）

これでは共倒《ともだお》れだ。こんなことなら、静姫の言う通り共同戦線を張っておけばよかった……。

階段を降りてくる音に、真由香は顔をあげた。

弟が半袖《はんそで》のシャツに着替《きが》えていた。

「どこか行くの?」

「乳井とサイクリングしてくる」

不安になった。

残り三時間しかないのだ。サイクリングなんか出かけたら、もう胸をさわってもらうチャンスがなくなってしまう。

靴《くつ》を履《は》き替《か》えた弟のあとを追って外に出てみると、

「ちわ〜っす」

見たことのあるボンバーヘッドが、元気に姿を現していた。弟の友人の乳井だ。

「じゃあ、弟さんお借りしていきますんで」

「いつ戻るの?」

「一時間ぐらい」

一時間なら、大丈夫《だいじょうぶ》かもしれない。

昨日、自分は弟を自由にしなかった。そして、今、激しく後悔《こうかい》している。今こそ、弟に自由を与《あた》える時かもしれない。それに、友人と気分転換《てんかん》してもらった方が、自分の胸をさわる気持ちになってくれるかもしれない。

そうだ。

サイクリングをすれば汗《あせ》をかく。汗をかけば、シャワーを浴びる。そのときにいっしょに入って、今度こそちゃんと胸をさわってもらおう。

――それで果たしてさわってくれるかわからないけれど、それしかチャンスはない。永遠に若さとプロポーションを失ってしまうんじゃないかと怖《こわ》くてたまらないけれど、今こそ勇気を振《ふ》り絞《しぼ》って弟をリリースするしかない。

「一時間で戻ってきてね」

念を押すと、宗人は自転車に乗って乳井と仲良く出かけていった。

真由香は流奈と二人きりになった。

ようやく姉妹水入らずだった。だが、なぜか息苦しい。

宗人がいないからだ。

平日でも休日でも、朝は宗人がいる。

宗人が朝ご飯をつくってくれて、それで平凡《へいぼん》な会話を楽しむことができる。弟は潤滑油《じゅんかつゆ》だったのだ。

(一時間で帰ってこなかったらどうしよう)

覚悟《かくご》を決めたはずなのに、いきおい不安が込み上げてきた。もし帰ってこなかったら、一巻《いっかん》の終わりだ。

（自分もいっしょにサイクリングに行くって言えばよかった）

妙案《みょうあん》を思いついても、今からでは遅《おそ》い。

（宗人、ケータイ持ってるかな）

（すぐ帰って来てって言おうかな）

（お姉ちゃん、胸が痛いからマッサージしてとか嘘《うそ》つこうかな……）

心配になると、いても立ってもいられない。真由香は玄関《げんかん》に向かった。それを待っていたかのように、ドアベルが鳴っていた。

（宗人！　帰ってきてくれたんだ！）

よろこんでドアを開けると、お呼びでない男――在原《ありはら》レオナルドが立っていた。

「オ～マイゴッデス！　休日の朝に真由香様にお会いできるなんて、ぼくほど女神から愛されていない男はいない。二重否定」

「――その二重否定、逆でしょ」

真由香は風の精霊《せいれい》を呼び出していっそのこと飛ばしてやろうかと思った。だが、レオナルドはおかまいなしだ。

「フハハハ！　細かいことは気にしない！　さあ、ぼくといっしょにデートに行くのです！」

「誰が！　帰ってちょうだい！」

「弟さんはデートに出かけたというのに？」

真由香はレオナルドを睨《にら》んだ。

「何言ってるの？」

「おお、おとぼけになるつもりですか？　ついさっき、ぼくは見たのです。弟君が清条院先輩の車に乗り込むのを」

「え？」

「おや、ご存じない？」

「それ、ほんと⁉」

「運転手に『ファンタジーパークへ』と言っていましたよ。我々も行きましょう！」

やられた！

頭の中が、かっと熱くなった。

傷ついたふりをして、弟は抜《ぬ》け出《だ》すチャンスを窺《うかが》っていたのだ！

（あの狸《たぬき》っ！）

(むかつく〜〜っ！)

せっかく自分が心配していたのに、自分を捨てて静姫の許《もと》へ走るなんて。

(わたしの胸がどうなったっていいっていうの⁉)

(馬鹿《ばか》！　馬鹿馬鹿！　大馬鹿！　宗人なんて大嫌《だいきら》い‼)

真由香は玄関を出て走り出した。

ファンタジーパークへ出かけたのなら、二人は夕方まで帰ってこない。待っていたら、期限が来てしまう。自分だけお婆さんなんてごめんだ。

(覚えてなさい、宗人〜っ！)

「おお、真由香様！」

在原レオナルドが自転車に乗って追いかけてきた。

「さあ、ぼくのサドルへ」

「貸しなさい、わたしが運転する！」

「おお！　まさかぼくにホールドミーするチャンスを与えてくれると！　神はやはり見捨てなかった！　神は自ら助くる者を助——あらっ？」

レオナルドが自転車を下りて譲《ゆず》ったとたん、真由香はサドルに飛び乗って全速で漕《こ》ぎ始めていた。あとには放置された在原レオナルドのみ。

「オ～ノ～ッ！　マユカ～～ッ！　カンバ～～～～ック！」

もちろん、映画『シェーン』のラストと同じように、真由香は戻《もど》ってこなかった。

5

午前十時半――。

ゲートをくぐると、目の前にお城が広がっていた。ドイツの名城、ノイシュヴァンシュタイン城をスケールダウンしてつくったお城だ。中世の住居と石畳《いしだたみ》も再現され、まさに北の大地にできた中世の町といった趣《おもむき》である。

「ごめんなさい、お友達にお願いしてしまって……。二人きりになりたかったものですから」

「い、いえ」

言って宗人は胸がつまった。

再会した静姫はまた、一段と艶《つや》っぽかった。

首から吊《つ》るしたホルターネックの丈《たけ》の短いトップが、はちきれんばかりの爆乳のふくらみを包《つつ》んでいる。両肩《りょうかた》も腋《わき》の下《した》も露《あら》わになっているが、あまりのボリュームに脇《わき》から生乳がこぼれ出しそうだ。

おへそは剥《む》き出し、ミニスカートの下からはムチムチの太腿《ふともも》が覗《のぞ》いている。脚線美《きゃくせんび》は姉の方が上だが、きれいなのは好きな人に決まっている。

宗人は、昨日見たノースリーブとも違う大胆《だいたん》な姿に、夢のような気分を味わっていた。

もう嫌われたと思っていたのに、永遠に会うことはないと思っていたのに、また静姫と会えたのだ。それも、初めてデートをしている。

女の子が嫌いな相手とデートするはずがない。愛想を尽かした相手にデートを申し込むはずがない。二人の物語は、まだ終わっていなかったのだ。

「手、つなぎましょうか？」

静姫に言われて、

「は、はいっ……！」

声のトーンが一オクターブ上がってしまった。いっしょにお風呂《ふろ》も入ったし、同じ布団でも寝たのに、初デートだと思うと緊張《きんちょう》してしまう。

くすっと静姫が笑った。

あきれられたのかなと思ったら、静姫が手をつかんできた。

（静姫先輩……！）

（わぁっ……やわらかい……！）

思わず、手を握《にぎ》り返した。

夢かもしれない、と宗人は思った。

静姫先輩と手をつなげるなんて……そして、こんなところを歩けるなんて……本当に夢みたいだ。

「あそこに入りましょうか」

静姫はホラー館を指差した。

「え、ええ」

幸い行列はほとんどなく、少し並ぶだけで二人は中に入れた。

館内は真っ暗だった。

緑や青の灯《あかり》がかろうじて足元を照らしているだけである。自《おの》ずと不安になってお互《たが》いが寄《よ》り添《そ》う形になってしまう。

「少し怖いですね」

静姫が宗人の二《に》の腕をぎゅっとつかんできた。露出度《ろしゅつど》の高いホルターネックトップに包まれた胸のふくらみが、宗人の脇腹《わきばら》と二の腕に当たってやわらかくひしゃげた。ムチムチの弾力《だんりょく》が、ツンツンと宗人の肌《はだ》を押す。

（うわぁぁ……！）

本当に気持ちのいい、大きなオッパイだった。

いつ触《ふ》れても静姫の胸は気持ちよくなってしまう。あからさまに誘惑《ゆうわく》されるのもいいけれど、自然に胸が押しつけられるのもたまらない。

「い、行きましょうか」

「はい」

二人はゆっくりと歩き出した。

道は前の人間が見えないくらい、くねくねと曲がっていた。いくつもコーナーがあって死角が多くて、何が出てくるのかわからない。自ずと歩くスピードも遅くなる。

レンガでできた小路にさしかかると、真横からびゅっと槍《やり》が突き出してきた。立ち止まったが、間に合わない。

「うっ……」

（痛っ……って、あれ？）

痛いと思ったのは、嘘だった。当たったのは、スポンジでできた槍だったのだ。

「だ、大丈夫《だいじょうぶ》ですか？」

「スポンジだよ、これ」

見破れば、男は得意になる。自信を持って宗人は歩き出した。次の仕掛《しか》けが待っていたのは、まさにそのタイミングだった。レンガが大きく割れたかと思うと、人の顔が突き出してきたのだ。

「きゃ～っ！」

静姫がしがみついた。片方の胸ではなく、両方の胸が宗人の腕と胴体《どうたい》に押しつけられて、勢いよく弾《はず》んだ。もの凄《すご》い爆乳の弾み具合だ。

（う、うはぁっ……凄い……）

静姫は本気で怖がって抱《だ》きついている。

「に、人形ですよ、静姫先輩」

「ほんと？」

「だって本物の人間なんか使ったら、人件費が大変じゃないですか」

くすっと静姫が笑った。

「宗人くんって、おかしいのね」

「そうかな」

「そうです。人件費なんて」

「おれ、汚《よご》れてるかな」

くすっと静姫は笑った。静姫が笑うと、世界のすべてに自分を肯定《こうてい》されている気分になる。世界がNOを言おうとも、彼女《かのじょ》がYESを言ってくれればそれでいい気がしてしまう。

レンガを抜けると、あたりはジャングルに変わっていた。

「植生、無茶苦茶《むちゃくちゃ》だなあ」

宗人が男の子らしい感想をもらす。

「何か出てきそう」

静姫が宗人の二の腕をつかむ。また胸が当たって心地《ここち》よい。

右奥《おく》に骸骨《がいこつ》が見えて、宗人は黙笑した。

（ははは……わかりやす）

さらに首を伸《の》ばすと、左手に白いTシャツが見えた。

（ははは……Tシャツ……って、え～っ⁉）

不似合いな衣装に気づいたそのとき、白いTシャツが猛然《もうぜん》と二人に向かって走り出していた。

「見つけた～っ！」

二人に向かって両手を伸ばす。

「わ～～っ！」

「きゃ〜〜っ！」

二人の絶叫《ぜっきょう》を、

「宗人〜〜〜っ！」

聞き覚えのある叫《さけ》び声《ごえ》が塞《ふさ》いだ。宗人は、ぎょっとして闖入者《ちんにゅうしゃ》を見つめた。

ツンと胸の張ったTシャツにホットパンツ——そして、硬質《こうしつ》な切れ長の瞳《ひとみ》。その姿は——。

「ね、姉ちゃん……!?」

「お姉ちゃんを騙《だま》してデートしようなんて、許さないんだからっ！」

真由香は二人に襲《おそ》いかかった。

宗人の腕《うで》をつかんで、自分の方に引っ張る。とっさに静姫も宗人の腕をつかんで引っ張り戻した。

「何をするんですか！」

「それはこっちの台詞《せりふ》でしょ！　宗人を誘い出して！」

「おれが誰とデートしようが関係ないだろ！」

「このうそつき！　人が心配してやったのに、サイクリングに行くとか嘘ついて！」

「あ、あれは、だって……」

「こっちは大切な日だっていうのに！　お姉ちゃんがおばあさんになってもいいっていう

の!?」

「なんでおばあさんになるんだよ！」

「言えないから悩《なや》んでるんじゃないの、この馬鹿《ばか》〜〜〜っ！」

思わず真由香がビンタを食《く》らわせる。いでっと宗人が声をあげたとたん、電気が落ちた。

「え？」

「何？」

三人、思わずきょろきょろとあたりを見まわす。

「豊條さん、電源コードを抜いたんじゃありません？」

「抜くわけないでしょ！　っていうか、そんなので停電するわけないでしょ！」

「地球最後の日かな」

宗人がとぼける。

「なわけないでしょ、馬鹿」

「うるさいな。だいたい、姉ちゃんどこから湧《わ》いて出たんだよ？　隠《かく》れてたわけ？」

「そ、それは……」

暗闇《くらやみ》の中で姉がもじもじとする。

静姫がそっと身体を押《お》しつけてきた。くすぐるように胸のかたまりを押しつけて、むにゆっと弾ませる。

「ちょっと。何してんのよ」

目ざとく気づいた真由香も、弟の腕に乳房《ちぶさ》をこすりつけてきた。

「デートの邪魔《じゃま》をしないでください」

「不純な目的のくせに」

「不純はそちらです」

真《ま》っ暗闇の中で二人が睨み合《あ》う。

宗人は二人にサンドイッチされたまま、困った表情を浮《う》かべた。またまた微妙《びみょう》な関係だ。やはり、二人の仲は最悪らしい。なぜ、静姫先輩《せんぱい》といい感じになると、姉が邪魔するのだろう。

「い、いつ直るのかな」

「そ、そうですね」

「誰《だれ》かがいなくなったら直るわ」

「誰かって誰ですか」

「さあ」

バチバチと視線がぶつかったとたん、館内の電気がついた。そして薄暗《うすぐら》い行灯《あんどん》が、三人

のすぐ後ろに迫《せま》る妙《みょう》な男を照らし出していた。

「きゃ～～～っ！」

真由香が気づいて絶叫した。

静姫も振り返《かえ》って叫び声をあげた。

後ろに立っていたのは、赤い薔薇《ばら》の花束を持ち、不敵な笑《え》みを浮かべた男――在原レオナルドだった。

6

女子トイレの大きな鏡に、真由香と静姫の姿が並んで映り込んでいた。

在原レオナルドの追跡《ついせき》から逃《のが》れた二人は、女子トイレでお化粧《けしょう》直しをしているところだった。真由香はほつれた髪《かみ》をいじり、静姫はリップクリームを唇《くちびる》に塗《ぬ》っている。

「豊條さんって、結構執念深《しゅうねんぶか》いんですね」

「うそつきが嫌《きら》いなだけよ」

「共倒《ともだお》れしていいんですか？」

「あなたが弟とくっついたら、わたしのチャンスがなくなるでしょ？」

「わたしも切羽詰《せっぱつ》まっているんです」

「わたしだって同じよ！」

二人はトイレの中で睨み合った。

ホラー館のどたばた騒《さわ》ぎのおかげで、何もしないますでに時計は十一時を過ぎていた。

タイムリミットまで一時間を切っている。

「このままでは、二人ともおばあさんになりますよ」

「あなたが譲ればいいのよ」

「だから、昨夜揉《も》み比べしましょうって言ったじゃないですか」

真由香は黙《だま》った。

その通りだ。でも、静姫と比べられるのもいやだったし、弟を奪《うば》われるのが我慢《がまん》できなかったのだ。

「弟さん、好きなんですか」

「何？」

「好きなんですね」

「あんな弟、好きなわけないでしょ」

「じゃあ、どうしてわたしの邪魔をするんですか」

「わたしだっておばあさんになりたくないの」

「じゃあ、どうしてもっと早く弟さんに胸をさわらせなかったんですか？　いっしょに暮らしている分、あなたには充分《じゅうぶん》アドバンテージがあったのに」

痛いところを衝《つ》かれて真由香は黙った。

自分にだって自分の理由があるのだけれど、静姫の言う通りだった。

「わかりました。協力してくださらないのなら、わたしはわたしでやります」

先に静姫は出口へ向かって歩き出した。慌《あわ》てて真由香もあとを追う。

弟は近くのベンチで赤《あか》ん坊《ぼう》に変な顔を見せて笑わせていた。この世とは思えない舌の動きで赤ん坊をよろこばせている。

なんだか、悔《くや》しかった。切羽詰まった自分には、笑うことすらできない。

二人が姿を見せると、宗人は中断して立ち上がった。

「在原、来た？」

「ううん、いない。次、どこ行く？」

「あれに乗りましょう」

静姫は観覧車を指差した。

乗車時間三十分の関東以北最大の観覧車である。

（本気？）

　真由香は静姫を疑った。

　待ち時間は二十五分。

　観覧車に乗っている最中にタイムリミットを迎《むか》えることになる。呑気《のんき》に空中からの眺《なが》めを観覧している場合ではないのだ。

「宗人、二人きりにならない？」

　こっそり耳打ちしてみた。

「やだ」

　にべもなく断られた。

　弟は不機嫌《ふきげん》だった。せっかくのデートを邪魔されたのだ。静姫とのツーショットを楽しむはずが、お呼びもしない自分が乱入して妙な三角関係のデートになっている。

「お姉ちゃんが、清条院さんを落とす秘策を教えてあげる」

「いい」

　やはり、弟は怒《おこ》っている。心の底では、きっと早く静姫と二人きりになりたいと思っているのだろう。

　静姫が真由香の方を見てにっこり微笑《ほほえ》んだ。

（観念しろってか？）

真由香は唇を噛《か》んだ。

静姫は勝算があるのだろうか？

恐《おそ》らく、あるから観覧車なぞに乗り込むのだろう。二人にとって、所詮《しょせん》、自分は邪魔者《じゃまもの》でしかないのだ。

なぜ、追いかけてきてしまったのだろうと真由香は思った。

邪魔者になることはわかっていたのに。

老女になることなど、観念してしまえばよかったのだ。

でも、やっぱりできなかった。

弟に胸をさわってほしかった。魔厄《まやく》を止めてほしかった。自分が一瞬《いっしゅん》にしてぺちゃぱいのお婆さんになるなんて、経験したくもない。そのあとの人生も、想像したくない。

でも、それは弟には言えない。

言えないけれど、それを止められるのは、弟しかいないのだ——たとえ気持ちが自分に向いていないとしても。

このまま観覧車に乗っていいのだろうか、と真由香は思いはじめた。三人乗り込んでも、静姫を道連れにするだけだ。弟が一番好きな人を老婆にすることになる。それなら、いっそのこと自分がここで身を引いて二人きりにさせてあげた方がいいのではなかろうか。せめて、静姫だけでも魔厄から逃れてもらった方が……。

その方が、きっと宗人は幸せだろう。

そして、きっと静姫も。

自分は不幸になってしまうけれども、仕方がない。このまま観覧車に乗っても、宗人は自分の胸をさわってくれないだろう。

弟は静姫とデート中なのだ。デート中に別の女性の胸をさわるなんて、ありえない。

二人が相思相愛だった時点で、この勝負は決まっていたのだ。

なぜ、最初の日に弟を誘惑しなかったのだろう。魔界《まかい》通信が届いた翌日に、弟といっしょにお風呂に入らなかったのだろう。

《お姉ちゃん、胸の形が変みたいなの。手で確かめてみて》

昨夜のようにそう言えば、きっと弟はさわってくれたに違《ちが》いない。なのに、自分でチャンスを捨てたのだ。幸運の女神はもう自分の許から走り去ってしまったのだ。

潔《いさぎよ》く、ここは去るのが人としての道なのかもしれない。それが、姉としてできる最後のプレゼントなのかもしれない。

老婆になった自分を見て、弟はどう思うだろうか。事情を聞いてどう感じるだろうか。

もっと早くさわっておけばよかったと思ってくれるだろうか。

でも、憐憫《れんびん》なんていらない。

憐《あわ》れみを受けたところで、若さもプロポーションも戻《もど》らないのだから。

十二時の前に、どこか知らないところに行って死んでしまおう。ここにいても無駄《むだ》だ。二人の邪魔をするだけだ。そっと離《はな》れて、どこかへ消えてしまおう。それで二人は、永遠に幸せになれる。

でも――。

できなかった。

放っておけば自分は弟の前で老女に変身してしまうのに、二人の許を去れなかった。九十九パーセントだめだとわかっていても、やっぱり弟のそばにいたかったのだ。最後の最後まで弟に助けてほしかったのだ。

「在原来ないかな」

心配そうに宗人がきょろきょろと見まわした。腕時計《うでどけい》は十一時半を指している。約束の時間まで、あと三十分だ。

「平気です」

静姫が手をつかんだ。

とっさに、

（宗人をとられちゃう！）

その気持ちが走って、真由香も弟の手を握った。宗人はちらりと見ただけだった。きっと頭の中では、何を人の手を握ってんだよと思っているに違いない。

（消えてしまいたい……）

真由香は切なくなった。

7

息苦しい待ち時間だった。

約束の期限まで二十分を切ると、静姫は、どこでもいいから宗人を連れ込んで胸をさわってほしくなった。

観覧車にしたのは勝算があったから、ホラー館に入ったのは、暗闇で二人きりになれるからだった。暗闇の中なら大胆《だいたん》になれるし、誘惑すれば宗人だって簡単に胸をさわってくれるに違いない。

《キスして》

とささやいて、

《その前に、胸をさわって》

とおねだりすれば、きっとさわってくれるに違いない。きっと宗人は熱烈《ねつれつ》に胸を十三回愛撫《あいぶ》してくれるだろう。

けれども、真由香の乱入で台無しになってしまった。

どこにでもついてまわる姉を振《ふ》り切《き》ることは不可能だ。ならば、観覧車のような密室にこもるしかない。他の人の視線の入らない密室ならば、きっと胸をさわってくれるに違いない。それでもだめな場合は、最後の手段だ。あれを使うしかあるまい。

静姫は腕時計を見やった。

十一時四十分。

死の刻限まで、あと二十分。

いきおい緊張《きんちょう》して、思わず助けを求めるように宗人の手を握《にぎ》る。宗人は少しだけ顔を向けて、強く握り返した。

安堵《あんど》が胸の中に流れ込んだ。

事情を知っているわけではないのに、大丈夫だよと言ってくれているような気がする。

静姫先輩はぼくが守るからね、と言ってくれているような気がする。

これが普通《ふつう》のデートなら、どんなに幸せなことだったろう。

タイムリミットのことなど気にせずにデートできたら、どんなに幸せだったろう。

でも、仮定法でものごとを語っても仕方がない。

魔女《まじょ》にとって残酷《ざんこく》な現実は、現在進行形なのだ。死の未来は着々と迫っている。刻限までに胸をさわってもらえなければ、好きな人の前で老婆になるしかない。

「あ、あの……」

いっそのこと告白しようかと思って口を開いた。

「何ですか？」

「ううん……」

言えなかった。

やっぱり、言えない。

このデートが魔厄を乗《の》り越《こ》えるためだなんて言えない。

自分にだってわかるのだ。どんなに宗人がこのデートをよろこんでくれたのか。それに水を差《さ》す真似《まね》はしたくない。本当のことを言ったら、もう二度と好きになってくれないかもしれない。

列が少しずつ前に進み、巨大《きょだい》な観覧車の車輪が迫っていた。自分たちが乗る客車も近づいている。

前に並んでいた子たちが観覧車に乗り込んだ。もうすぐだ。

運命の車輪は、もう自分たちの目の前だ。観覧車を下りるとき、若いままか老いた姿になっているか、神のみぞ知るだ。

「次の方」

係員の声を、妙な叫び声がさえぎっていた。

「真由香様〜〜〜〜〜っ！」

三人は一斉《いっせい》に振り返った。一番顔をひきつらせていたのは、真由香だっただろう。

ホラー館で騒ぎを起こした在原レオナルドが、強引《ごういん》に列を掻《か》き分《わ》けながら三人に迫っていた。

「ぼくだけ置いてきぼりにするなんて、あんまりだ！　観覧車は奇数《きすう》で乗り込むものではない！　ぼくも！　ぼくも、真由香様〜っ！」

周囲がざわつく。

視線を浴びて、真由香が赤くなった。

「知り合い？」

面倒臭《めんどうくさ》そうに係の男が声をかけた。

「ちゃんと並んでもらわないと――」

この係員は、在原を入れようとしている。そう気づいた瞬間《しゅんかん》、

「人違《ひとちが》いです」

冷たく静姫は突《つ》っぱねていた。

「他の方に迷惑《めいわく》がかかりますから、乗せないでください」

言って静姫は観覧車に乗り込んだ。宗人も一歩踏《ふ》み出《だ》し、そこで立ち止まっている姉に気がついた。

「乗らないの？」

「……いい。わたしは……」

静姫ははっとした。

彼女《かのじょ》は犠牲《ぎせい》になろうとしている。

二人のために、ここで身を引こうとしている。

（乗せてあげて……！）

言おうとしたとき、

「何すねてんだよ」

宗人の腕《うで》が力強く真由香を引き上げたかと思うと、観覧車に押し込んでいた。そのあとから宗人が乗り込んだ。

「真由香様〜っ!」

駆《か》けつけたレオナルドを係の男が阻止《そし》した。別の係員が、観覧車のドアを閉めた。

「お客さん、困りますから」

「そんな〜〜っ! レ・ミゼラブル! こんなにぼくは片思いしているのに〜〜っ!」

観覧車は三人を——三人の運命を乗せたまま、ゆっくりと上昇《じょうしょう》を始めていた。

8

すでに時計は十一時四十五分をまわっていた。時計の針は、一刻一刻と五十分へ向かって進んでいる。

宗人が席に着くと、静姫がすぐ隣《となり》に腰《こし》を下ろした。

二人を放っておくつもりだったのに、それを見ると反射的に真由香は宗人の横にすわりこんでサンドイッチしていた。

「姉ちゃん、向こうに行けばいいのに」

「いいでしょ、別に」

やっぱり、怒っていると真由香は思った。

身を引こうとした自分を引き入れてくれたときにはうれしかったが、自分の運命を知ってのことではないのだ。きっと自分が子供になっていると勘違《かんちが》いして、引っ張っただけに違いない。

自分の姉の運命があと十分で尽《つ》きようとしているなんて、思いも寄らないのだろう。

真由香は胸が苦しくなった。

早く助けてほしかった。

かわいい弟に。

自分の大切な弟に。

自分を助けてほしかった。

でも、魔厄のことを言うわけにはいかない。言っても、時《とき》すでに遅《おそ》し。弟はただ驚《おどろ》くだけだろう。納得《なっとく》させる前に、刻限が過ぎてしまう。

どうすればいいのだろう。

今の自分に何ができるのだろう。

ここから飛び下りる？

うらん、それはだめだ。二人に悲しい思い出を残してしまう。それでは二人は幸せになれない。

かといって、ここで自分がお婆さんになれば、やはり二人に悲しみを残してしまう。

助かるしか、道はない。

でも、どうすれば——。

はっと閃《ひらめ》いた。

外を見るふりをして、弟の片手に印形を描《えが》く。最後にSの文字を描いた。つづいて自分の胸にも同じ印形を描いて、最後にNの字を描いた。それから、弟の方を向いた。

「ねえ。二人の相性《あいしょう》、見てあげようか」

宗人は不思議そうな顔を見せた。

「手を見せて」

宗人が手をさし出した瞬間、その手はまるで吸い込まれるように真由香の胸に押《お》しつけられていた。

「わぁっ！」

「宗人、さわって」

「な、何！　わぁっ、何、これ！　わざとじゃ——」

宗人が必死に引《ひ》き剥《は》がそうとするが、手はTシャツの上から真由香の巨乳に張りついて離れない。

真由香はもう片方の手にも指先を向けた。

片手だけではカウントされない。

両方で揉んでもらわなければ——。

ふいに静姫の手が伸《の》びた。指先が印形を刻み、最後にアルファベットの文字を描いた。

その瞬間、真由香と宗人はわぁっと声をあげて弾《はじ》け飛《と》んでいた。静姫が宗人の片手をN極に直したのだ。

「な、何するのよ！」

「えぐいまねをされるんですね」

真由香は無言で静姫を睨《にら》みつけた。

残り時間が少ないことは、相手もわかっているはずだ。自分にはもうこの手しかないのだ。

真由香は腕時計に目をやった。

時計の針は十一時五十一分を指している。

（あと九分しかない！）

さらに焦燥《しょうそう》が背筋を駆け上《あ》がってきた。お腹《なか》の奥《おく》がざわざわとする。

あと九分でお婆さんになってしまうのだ。

どうしよう。

もう思案している場合ではない。

真由香は胸の磁性を解除すると宗人の前に行き、両手をつかんだ。

「お願い！　宗人！　お姉ちゃんの言うことを聞いて！」

「何だよ」

「お姉ちゃんの胸をさわって！」

「はあ？」

「一生のお願いだから!!」

宗人の額に冷《ひ》や汗《あせ》が浮《う》かんでいた。

「姉ちゃん……頭おかしくなったんじゃない？」

ああ。

そうなのだ。

絶対こう反応すると思っていたのだ。

「詳《くわ》しいことは話せないの！　でも、お姉ちゃんを助けると思って、さわって！　黙《だま》って十三回揉《も》んで！」

「姉ちゃん……何言ってんの？　さっきので頭打った？」

「だから、わけは言えないの！　お願い！　何も聞かないで、黙って揉んで！」

宗人の手を胸に近づけると、宗人は振り払《はら》った。

「宗人！」

「できるわけないじゃん」

冷たい言葉だった。

「お姉ちゃんがおばあさんになってもいいの？」

「はあ？　なんでそうなるんだよ？」

「人助けだと思って、さわって！　お願い！　お姉ちゃん、なんでも言うこと聞いてあげるから！」

「できるわけないだろ！」

さらに手をつかんで引き寄せようとすると、宗人は手を振り払って立ち上がった。

明らかに怒《おこ》っていた。

宗人にとってはデート中なのだ。

好きな人とデートしている最中に、別の女性の胸をさわれるはずがない。

「お願い……！」

真由香は膝《ひざ》をついて、頭を下げた。

「姉ちゃん……」

「何も聞かないで、さわって……！　お願い……！」

真由香は泣きそうだった。

これで断られたら、もう死ぬしかないかもしれない。弟に老醜を見せるよりは、ここから飛び下りた方がましだ。

（お願い……宗人……わかって……！）

真由香は祈《いの》った。

（お姉ちゃんを……助けて……！）

涙《なみだ》がこぼれそうになった。

だが、宗人の身体は動かなかった。

「そんなの……できないよ」

腕時計がゆっくりと十一時五十五分を指した。

絶望がゆっくりと頭から下りていった。最後の望みが消え失《う》せたのだ。自分は弟の目の前で、おばあさんになるしかない。観念した真由香に、思わぬ救いの手が伸びていた。

「あの……お姉さんが先でもいいですよ。わたしのことなら、かまいませんから」

声をかけたのは静姫だった。

真由香は顔をあげた。

静姫は黙って真由香を見つめている。

（自分を……助けてくれた……？）

だが、混乱したのは弟の方だった。

「二人とも……何を言ってるの？　何を考えてるの……？　なんか、最近おかしいよ」

「そ、そうですか？」

「どうしておれのところに来たの？　今日誘《さそ》ってくれたのって、デートじゃないの？」

「デートですよ」

「じゃあ、どうして……」

問《と》い詰《つ》められた静姫が、はっとした表情を見せた。

9

時計は十一時五十六分を指していた。もう、運命の時間は迫《せま》っている。

静姫は、ここしかないと思った。

真由香が頼《たの》み込んでしまったせいで、逆に宗人は態度を硬化《こうか》させてしまった。自分が告白しようが誘惑《ゆうわく》しようが、もうどうにもならない状況《じょうきょう》まで来ている。

静姫はハンドバッグの中から、手袋《てぶくろ》を取り出した。

「実は、観覧車のてっぺんで渡《わた》そうと思っていたんです」

嘘《うそ》をついた。

紫色《むらさきいろ》の何の変哲《へんてつ》もない穴あき手袋。

でも、魔女なら知っている悪魔《あくま》の手袋。それをはめた者は、好きな人の胸をさわらずにはいられなくなると言われている。

「これ、はめてみてください」

「え？　今？」

「自分で編んだんです。本当はバレンタインにお渡ししようと思ってたんですけど、わたし遅くて……」

宗人は黙った。

腕《うで》時計《けい》の針がさらにまわった。焦《あせ》りながら、できるだけ穏《おだ》やかに尋《たず》ねてみる。

「迷惑……でした？」

「え……ううん」

「はめて……くれます？」

「今じゃなきゃだめ？」

「似合うかどうか、見たいんです」

宗人は少し考えた。

時計の針がさらに十一時五十八分になった。

（助けて……！）

思わず叫《さけ》びたくなる。

「じゃあ」

宗人は手袋を受け取った。

真由香は息を呑《の》んで見つめていた。手袋の正体は、知っているに違《ちが》いない。でも、彼女は何も言わない。

宗人が手袋を片手にはめた。

まだ効力は出ない。

もう片方を指に通した。その瞬間、

「わっ！」

宗人の両手は真由香と静姫のバストに向かって伸びて、中空で止まっていた。思いがけない反応に、静姫は息を呑んだ。

（どうしたのかしら。わたしの方に来るはずなのに）

身体を近づけると、その分、宗人の手が逃《に》げた。

（え？）

不思議な現象に、真由香も立ち上がった。すると、宗人の手がまたしても逃げた。

（まさか、逆⁉）

そんなはずはない。

あれは悪魔の手袋だ。

封《ふう》じ込めている欲望を乳房《ちぶさ》に向かって解放する魔《ま》の手袋だ。祖母も、母も、あの手袋で魔厄の難を逃《のが》れている。

「む、宗人くん……！」

胸を突き出して迫ると、またひとりでに宗人の腕が後ろに引いた。両腕《りょううで》でつかまえて胸に押しつけようとすると、さらに腕は勝手に動いて静姫の手を躱《かわ》した。

「わぁ……手、手が勝手にぃ……」

宗人は動転していた。

「な、なんだよ、この手袋……手が勝手に……」

「手袋を脱《ぬ》いで！」

宗人は指を突っ込んで、泣きそうな表情を浮かべた。

「取れない……」

最悪の事態だった。

悪魔の手袋は、最後の最後で自分を助けるどころか、まるでバリアーとなって静姫と真由香の胸の前に立ちはだかっていた。このままでは、二人とも魔厄を迎《むか》えて朽女《くちめ》に成り果ててしまう。

ボ〜〜ン、とお城の鐘《かね》が盛大に鳴《な》り響《ひび》いた。

真由香と静姫の身体が、電気を浴びたようにびくついた。

ボ〜ン、ボ〜ン！

さらにつづけて鐘が鳴る。二人の身体がびくっびくっと飛び跳《は》ねた。表情も、すっかり青ざめている。

とうとう、約束の死の時間が来てしまったのだ。

（宗人くん、助けて……！）

静姫がしがみついたが、宗人の手はまたしてもひとりでに静姫を躱してしまった。抱《だ》きつくことも叶《かな》わぬらしい。

（このままじゃ、二人ともおばあさんになっちゃう……!!）

静姫が死を意識したそのとき、とっさに真由香は叫んでいた。

「宗人！　清条院さんの胸をさわりなさい！」

「え？」

「早く！　好きなんでしょ！」

「で、でも」

「待ってるのよ！　女の子に恥《はじ》をかかせるんじゃないの！」

宗人の身体がびくっと弾《はず》んだ。

ボ〜ンと鐘が鳴り、宗人の両腕が静姫のバストに向かって伸びた。絶望しかけていた静姫の胸を、一気にわしづかみにしたのだ。

今までになく、激しく胸のふくらみがひしゃげた。十指が双《ふた》つの胸のふくらみにめり込み、ぐいぐいと揉み搾《しぼ》る。凄《すさ》まじく高速にハードに、肉乳を握りつぶしていく。

「くぁぁっ！　あぁぁぁん……！　宗人くぅぅん！」

悩《なや》ましい声が上がった。

背中がそりかえり、自然に胸が突き出される。ブルンブルンとふるえるバストを、さらに両手が握り搾った。

「くはぁぁん……！」
甘《あま》く切ない声が、鐘の音に重なった。
三つ鐘が鳴り、ふいに宗人の手が離《はな》れた。十三回、静姫の胸を揉み終わったのだ。
「はぁ……助かった……」
静姫がへたへたと後ろの壁《かべ》にもたれかかった。
ボ～ンと十回目の鐘が鳴った。
運命の時まで、あと二回に迫っていた。だが、その間に何回揉めるというのか。
よかったと真由香は思った。
と同時に、絶望していた。
自分は間に合わなかったのだ。
（これでおばあちゃんになっちゃう……）
とっさに悲しみが襲《おそ》いかかった。
（宗人……幸せになってね……）
（おばあちゃんになっても、わたしのこと、お姉ちゃんって、呼んでくれるかな……）
思った瞬間《しゅんかん》、涙が出た。
真由香は顔を覆《おお》った。

十一回目の鐘が鳴った。

(さようなら、宗人……)

真由香は目を閉じた。

が——涙を流すのは早かった。

「宗人くん、真由香さんを！　助けてあげて！」

その声に、宗人の両手が真由香のバストにまっすぐ伸びていた。

(だめえ、宗人……もう間に合わないからぁ……！)

真由香は両腕で弟を跳ねかえそうとした。だが、弟の手は、Gカップのバストに完全に張りついていた。

Tシャツの上から、宗人の指が激しくめり込んだ。

指という指が、緊縛《きんばく》したロープみたいにバストに食い込んでいく。指先は完全に胸のふくらみに沈《しず》み込んだ。

そして——高速のわしづかみが始まっていた。

「あぁっ……！」

思わず上半身をそりかえらせた。

ツンと尖ったロケットオッパイが、何度も何度も弟の手で蹂躙され、ひしゃげまくる。

（宗人、だめぇ……）

（もうおばあちゃんになっちゃう……おばあちゃんに……）

宗人の手が、まるで痙攣《けいれん》したように収縮をくり返した。やわらかなかたまりが揉まれて激しく波うち、たわんだ。

最後の鐘が鳴り終わった。

残響《ざんきょう》がゆっくりと響きわたっていく。

その間も宗人の手が激しく乳房を揉み搾った。弟の指がバストの奥にぐいぐいと食い込み、Tシャツが破れそうになった。胸のふくらみが激しくTシャツを押し出《だ》し、生地《きじ》が伸びきった。

「あぁっ……あぁぁぁぁん……！」

一際《ひときわ》長く一際悩《なや》ましい声が、観覧車に響きわたった。と同時に、鐘の音が消えていた。

「や、やっと……手が自由になった……」

宗人が尻餅《しりもち》をついた。

ようやく宗人の手が、姉のバストから離れていた。

真由香は顔を覆ったままだった。

頬《ほお》を涙が伝い下りていた。

十二時の鐘には間に合わなかった。自分はとうとうお婆さんになってしまったのだ。もうお姉ちゃんと呼んでもらえない。

弟に顔を見せられない。

「豊條さん」

「ほっといて」

真由香は首を振《ふ》った。

もう自分は誰《だれ》にも追いかけてもらえない。弟にも、お姉ちゃんと呼んでもらえない。誰にも顔を見せずに人知れず生きていくしかない。

「……ったんですよ」

静姫の声が聞こえた。

「顔を見せてください」

「いや！」

真由香は強く突《つ》っぱねた。

見せられるはずがない。自分はしわくちゃのお婆さんになってしまったのだ。絶対、弟には見せられない。

静姫が真由香の前にしゃがみ込んだ。

やさしい声で言った。

「足を見てください」

（足？）

真由香は指の間から足を覗《のぞ》いてみた。ホットパンツからは、美しいピチピチの足が覗いている。

（え？）

（まだおばあさんになっていないのかな）

手のひらの下の方を浮かして胸を見てみた。

バルコニーみたいなツンと張ったふくらみが、盛大にTシャツを持ち上げていた。

（え……？）

思わず顔から手を離した。自分の両手を見つめてみる。

若い十七歳《さい》の手だ。

（まさか）

顔をあげると、静姫と、心配そうに見ている弟と目が合った。

「姉ちゃん、どうしたの？」

「お姉ちゃん、おばあさんになってない？」

「何言ってんの？」

ふいに涙腺《るいせん》がゆるんだ。唇《くちびる》がふるえ、

「宗人〜〜っ！」

真由香は涙とともに弟に抱きついていた。同時に、静姫も宗人に抱きついていた。

「わ〜っ！」

「ありがとう！」

「ありがとうございます！」

二人の感謝の言葉に、

「わ〜っ！　な、何⁉」

宗人は狼狽《ろうばい》した。

「ありがとう……！」

「ありがとうございます……宗人くんは命の恩人です……」

「ええっ……な、何をしたっていうの？　ちょ、ちょっと……」

二人は激しく乳房を押《お》しつけた。交互《こうご》に爆乳を宗人の顔面に押しつける。そのたびに宗人の顔が歪《ゆが》み、乳房が息を塞《ふさ》ぐ。

「んぐぅ……んぐぅ……」

「宗人くん……」

「宗人ぉ……」

二人は涙を流していた。わけがわからないのは宗人である。ようやく二人の豊乳から解放されると、ひゅうと息を吸い込んだ。

「ほ、本気で死ぬかと思った……」

「すみません……うれしくて……」

「ごめん、宗人……」

「いったい、何だったの⁉　助けるって、何⁉　あの手袋、何⁉　二人とも、おれに何を隠《かく》してるの⁉」

「それは……」

「それはわたしがあとで話す」

静姫の言葉を継《つ》いで、真由香がきっぱりと言い放った。

「でも、今はとにかく余韻《よいん》に浸《ひた》らせて。ね？」

真由香はにこにこして弟を抱き寄《よ》せた。愛《いと》しそうに胸に押しつけてすりすりしてみせる。

「あ、それ、わたしもです」

すぐさま静姫が宗人を奪還《だつかん》して、百センチIカップの爆乳に宗人を押しつける。

真由香がくすっと笑った。

静姫も笑った。

「いい景色ですね」

観覧車はちょうど真上にさしかかっていた。遠くに桃泉《とうせん》市の町並みが広がっている。静姫のバストから解放された宗人も、眼前に広がる景色に疑問を忘れて思わず見入った。

霞《かすみ》の少ない、七月の休日だった。

桃泉市の象徴《しょうちょう》、テレビ塔《とう》までよく見える。

「きれいね」

「きれいですね」

二人の上級生は同じ感想をもらした。

「あっちの方がうちの学校かな」

「そうかもしれません」

「宗人、目いいから見えるでしょ?」

「学校までは見えないよ」

観覧車がゆっくりと動いていく。ここから見ると、本当にてっぺんが高い。宗人は立ち上がって、ドアの前に移った。

「危ないよ、宗人」

「平気平気。ドアって、内側からは開かないようになってるんだよね。ほら」

宗人がドアを開いてみせた。

鈍《にぶ》い音が響いていた。

二人の美女が声をあげる間もなかった。

開かないはずのドアが、開いていた。レオナルドに気を取られて、係の者が鍵《かぎ》を閉め損《そこ》ねていたのだ。

「うひゃあ」

間の抜《ぬ》けた叫び声《ごえ》が、戸外に吸い込まれた。宗人の身体は外に投げ出され、死の淵《ふち》に呑み込まれた。

遅《おく》れて二人の悲鳴が上がった。

死ぬ瞬間、人は何を考えるのか、宗人は知らない。

でも、何も考えないというのが正解だったらしい。あまりに突然《とつぜん》すぎて、考える時間なんてなかった。

はっきりしていたのは、自分が落ちていく瞬間も、そして叫び声も、すべてスローモーションになったことだ。

そしてもうひとつ――途中《とちゅう》で重力がなくなったことだった。

落ちる途中では、どうやら重力は消えるらしい。恐《おそ》らく、気絶してしまうからだろう。

その割には、誰かが自分の身体を支えていた。

天国には、自分をつかまえてくれる人がいるのだろうか。

スローモーションが解けて、宗人は自分をつかまえている二人の姿に気がついた。

「え?」

思わず声をあげた。

観覧車が最高点に到達《とうたつ》したその空の高さで宗人をつかんでいたのは、姉の真由香と静姫先輩《せんぱい》だった。

「姉ちゃん……静姫先輩……」

微笑《ほほえ》みかけた頬が凍《こお》りついた。

二人は、箒《ほうき》にまたがって空を浮遊《ふゆう》していたのだ。

終章　魔女《まじょ》

知ってしまうと、すべてはあっけないものだった。二人は魔女で、魔厄《まやく》というものが迫《せま》っていた。その魔厄を防ぐことができるのは、自分しかいなかった。二人が熱烈《ねつれつ》に迫っていたのは、そういう理由だったのだ。

正直に話してもらえなかったのもショックだったが、静姫《しずき》の急接近が自分に気があるというわけではなかったことが、一番の衝撃《しょうげき》だった。

人生、そんなにうまくいくわけないと思っていたのだ。一億円の宝くじなんて、そうそう当たるものではない。人生の宝くじにしても、同じことだ。

(おれがもてるわけないと思ったんだよ)

宗人《むねと》はため息をついた。

なんだか、無性《むしょう》に悔《くや》しかった。いい気分になった自分が腹立たしい。ドキドキしていた自分が馬鹿《ばか》みたいに思える。揉《も》み男なんて、ただの間抜《まぬ》け男の代名詞だ。

「宗人。まだ怒《おこ》ってる?」

「別に」

覗き込んだ真由香《まゆか》に、宗人は顔を背《そむ》けた。

ファンタジーパーク内のイタリア料理のお店だった。円テーブルには、宗人と静姫、そして真由香がすわっている。美女二人に囲まれているというのに、宗人は仏頂面《ぶっちょうづら》だ。

「そんなに怒らないでよ。謝《あやま》ったんだから」

「だから、怒ってないって言ってるじゃん」

「怒ってるじゃん」

真由香は静姫と顔を見合わせた。

どうしようかという顔をしている。

一難去ってまた一難というわけではないが、宗人は思い切りご機嫌《きげん》斜《なな》めだ。

ふうとため息をつくと、真由香は突然《とつぜん》宗人の頭をつかんでTシャツの胸に押しつけた。

「わっ、姉ちゃん何——むぐぐぐっ！」

「こら！　こらこらこらっ！」

笑いながら、Gカップのピチピチのバストに弟の顔面をこすりつける。

「んぐぅっ！　んぐぅぅっ！」

「何？　何、何？」

「んぐぅぅ」

「もっとこうしてほしいくせに」

「んぐぅぅぅっ！」

真由香が腕《うで》の力を弱めると、宗人は顔をあげて、ぷひゅ〜っと息を吸い込んだ。

「何すんだよ！　殺す気かよ！」

「愛情表現」

「嘘《うそ》つけ」

ぷいと横を向いた宗人に、別の手が伸《の》びた。

またしても頭をつかまれ、双乳に押しつけられる。今度は姉のよりもボリュームが凄《すご》い。

むっちりして、ふかふかしている。

「んぐぅっ！」

すぐ両手はゆるまった。

静姫が微笑んでいた。

「な、何するんですか！」

「愛情表現」

「絶対嘘です」

「ほんとですよ」

「信じません」

「まだ怒ってます？」

「いいえ」

「わたしのこと、嫌《きら》いになりました？」

「だって、おれのこと、好きじゃないでしょ」

静姫は首を振った。

「おばあさんになったら、永遠に宗人くんと付き合えなくなるのがいやだったんです……好きな人といっしょになれないのって、悲しいから……」

宗人がはっと顔を向けた。

静姫の耳が紅《あか》く染まっていた。恐る恐る、宗人に視線を向ける。その両者の視線の間に、ぬっと真由香が割って入った。

「わ、わたしだって嫌いな人にはさわらせないんだからね」

「え？」

静姫が顔を向けた。

「やっぱり――」

二の句を告げようとしたとき、

「あ〜〜っ！」

大きな声が上がっていた。

両肩《りょうかた》が見えそうなほど襟のラインが下がった、だぼだぼのオフショルダーネックのニットとプリーツミニスカートに身を包《つつ》んだ女の子が、三人を指差して立っていた。

「お姉ちゃん、いた〜〜っ！　ずるい〜〜〜っ！　わたしだけ置いてお兄ちゃんとデートするなんて、ずるいずるいずるい〜っ！」

流奈《るな》は大声で抗議《こうぎ》するなり、勢いよく駆《か》けてきて宗人に抱《だ》きついた。健康的に発育した胸が、たっぷりと宗人の胸に押しつけられる。

「今日は流奈がお兄ちゃんを独《ひと》り占《じ》めにするからね！」

空はどこまでも青かった。

宗人は少しだけ幸せな顔をして、空を見上げた。

〔完〕

あとがき

オッパイって、ほんといいよね。

古代エジプトの詩人が「ふたりの愛の林檎」と讃え、聖書が「葡萄の房の如し」と形容した乳房。

最もまろやかで、最もエロティックな曲線に愛された、胸の宝球《ほうきゅう》——。

フランスの詩人ポール・ヴェルレーヌも、こんなステキな詩を残しています。

乳房よ、手は可愛いおまえをいとおしみ
もうすっかり夢見心地か
　重たげで果敢な乳房は
　たとえば誇らしげにあたりを睥睨する若芽
左右に、上下に揺れ動き、力充ち満ちあたかも敵なし
（ロミ『乳房の神話学』高遠弘美訳、青土社より引用）

大きい乳房はステキです。

その持ち主もまた、ステキです。日本の詩人、堀口大学が謳いあげたように、女性のバストは、まさに「掌の恋びと」「円味の極楽」です。

ぼくが出た大学の初代教頭は、「BOYS　BE　AMBITIOUS」と学生たちに言い残しましたが、ぼくも、同じように叫びたい。

GIRLS　BE　BUSTY！

本書『魔女にタッチ！』(略称、魔女タチ) は、そんなBUSTYな子の、つまり巨乳の女の子のお話です。

メインヒロインは、お姉ちゃんと先輩。

もちろん、爆乳です。

ただ、その胸には秘密があって、実は——天然乳だったのです！　って、日本の女子高生が人工乳だったら問題だろ(笑)。

本当の秘密は本書を読んでいただくことにして、巨乳フェチの人にも、姉好きの人にも、生徒会長好きの人にも、お嬢様好きの人にも、是非楽しんでもらえればなと思います。

ということで、謝辞です。

まず、わかつきひかる先生。先生の存在がなければ、HJ文庫で小説を書くことはありませんでした。本当にありがとうございます！

それから、ｄｍｏ55君。半年間プロットが通らなくて唸っていたとき、ｄｍｏ55君に電話したのがきっかけでこのストーリーが生まれています。こんなのはどう？　じゃあ、こんなのは？　と話していったことが、『魔女にタッチ！』のプロットになっています。その意味では、もう一人の生みの親と言ってもいいかもしれません。ｄｍｏ55君、本当にありがとう！

それから、編集のＫさん。完成してからの一言、凄くうれしかったです！

最後に、日本中の巨乳爆乳の女の子たち。あなたたちのおかげで、ぼくはすっかりアブナイ人です（笑）。

ぼくが卒業した膳所《ぜぜ》高校の校長先生の口癖は、「勉強だけができればいいってわけじゃ、ないんです」でした。もちろん、ぼくの口癖は……？

というわけで、ぼくを知っている人も、知らない人も、いっしょに、じ〜〜〜〜〜〜〜〜〜〜〜〜〜〜〜〜〜〜〜〜く・ボイン！

鏡裕之

http://www.onyx.dti.ne.jp/~sultan/

◆ご意見、ご感想をお寄せください……ファンレターのあて先◆

〒151－0053　東京都渋谷区代々木2－15－8
(株)ホビージャパン　HJ文庫編集部
鏡 裕之 先生／くりから 先生

HJ文庫
172

魔女にタッチ！

2009年5月1日　初版発行

著者――鏡 裕之

発行者―山口英生
発行所―株式会社ホビージャパン

〒151-0053
東京都渋谷区代々木2－15－8
電話　03(5304)7604（編集）
03(5304)9112（営業）

印刷所――大日本印刷株式会社

Printed in Japan

ISBN978-4-89425-867-9　C0193

HJ文庫毎月1日発売!

しないの。

一口飲めば、キミもモテモテ！(副作用付き)

学園のアイドル・沢野綾に告白し、あえなく玉砕した小泉祐介。ショックを受けた祐介は、うっかり祖父の開発したモテ薬「モテルゼX」を飲んでしまい、興奮すると強力フェロモンをまき散らす体質に！　しかしなぜか綾だけには効果がないため、さらにややこしい事態に……

著者／鯨 晴久
イラスト／あぶりだしざくろ

発行：株式会社ホビージャパン